Der Pirol

Frühjahr 1945 – Herbst 1947
Gefangenschaft

Stettin, nach dem gleichen Muster wie Paris angelegt, die Strassen gehen sternförmig von den Plätzen aus, ist eine alte, traditionsreiche Stadt mit bewegter Vergangenheit. Die ehemalige Hauptstadt Pommerns, an der Oder gelegen, hatte einst bedeutende Industrien. Der Hafen war der größte Hafen Deutschlands. Die Stadt liegt nur 7 m über dem Meeresspiegel. Hier erblickte ich im Kriegsjahr 1941, am 25. August um 13.15h das Licht der Welt. Mein Vater, gelernter Bankkaufmann, war im Krieg, an der Front irgendwo in Russland. Wir wohnten in Stettin in der Burscher Strasse. Später zogen wir nach Finkenwalde in ein eigenes Haus.

Im Frühjahr 1945 besuchte meine Mutter mit mir ihre Schwiegermutter in Schneidemühl/ Hinterpommern. Der schreckliche Krieg näherte sich inzwischen seinem Ende. Der Geschützdonner der anrückenden Russen war nicht mehr zu überhören. Und so kam der Tag, an dem wir alles stehen und liegen lassen mussten. Wir reihten uns ein in die zahllosen Trecks, die nun Tag und Nacht auf der Flucht vor den Russen unterwegs waren.

Auf dem Pferdewagen waren die Habseligkeiten verstaut. Das meiste musste zurückbleiben. Obenauf saßen dann meine Mutter, Oma und ich. Die Abfahrt unseres Gefährts hatte sich erheblich verzögert- die Oma wollte partout nicht weg. Ich weiß nicht, wie lange wir dann unterwegs waren. Der Vormarsch der Russen ging rapide voran und erreichte uns alle viel schneller, als wir uns hatten träumen lassen. Die Zeit der Gefangenschaft begann. Alles Hab und Gut mussten wir abgeben. Nur mit ein paar Kleidungsstücken am Leib und dem Gewehrkolben im Rücken ging es in die Gefangenschaft. Die Leute wurden zusammengetrieben und mussten sich alle nackt ausziehen. Danach wurden sie getrennt nach Männlein und Weiblein. Meine Mutter behielt mich immer im Auge. Es machte sich eine gewisse Unruhe breit. Für den Abtransport von uns Gefangenen standen die Lastwagen bereit. Man begann damit, die Leute, nach Geschlecht getrennt, zu verladen. Hierbei ging es dann tumultartig zu, denn es wurden Familien auseinander gerissen. Blitzschnell ergriff mich meine Mutter und drückte mich an sich und zwar so, dass ich nur von hinten zu sehen war. So bestieg sie dann mit mir zusammen den LKW: Hier kämpfte sie dann wie eine Löwin um mich, denn es war nicht unbemerkt geblieben, dass ich ein Junge war.

Nachdem man die Leute alle verfrachtet hatte, ging die Fahrt los. Keiner wusste wohin. Nach kurzer Zeit erreichten wir so eine Art Lager. Die Wagen hielten und die Menschen wurden wie Vieh von den Transportern in die Baracken getrieben. Es war sehr kalt. Alle froren. Einfache Holzpritschen standen bereit, auf denen man es sich, so gut es ging, einrichtete.
Irgendwann gab es etwas Essbares. Die Tage gingen dahin. Die Verpflegung war miserabel.. Ich bekam die Ruhr. Meine Mutter verzichtete auf vieles, um mich durchzubekommen. Die Aussichten waren schlecht. Milch, die sie mir gab, erbrach ich wieder. Man riet meiner Mutter, mir nichts mehr zu essen zu geben - das sollten lieber die anderen haben, ich würde ja sowieso krepieren.
Irgendwann erschien ein Mann in der Baracke und fragte die Anwesenden: „Wer möchte zum Bauern und arbeiten?" Außer meiner Mutter meldete sich niemand.
Dann ging alles sehr schnell. Wir wurden umgehend zu dem Bauernhof gebracht. Von den Russen waren wir an die Polen übergeben worden.

Der Bauernhof lag alleine an einer Landstrasse in einem Wald- und Wiesengebiet. Von der Landstrasse ging nach rechts ein unbefestigter Weg ab und nach ca. 30 m lag links dann der Bauernhof. Gegenüber stand ein Transformatorenhaus. Das große Holztor, es bestand aus 2 Hälften,

hing in mächtigen Türmen aus rotem
Ziegelstein. Rechts daneben war noch
eine Eingangstür, ebenfalls aus Holz.
Nach Betreten des Hofes erblickte man
zur linken Seite ein rotes
Backsteingebäude. Es stand mit der
Breitseite zum Hof. Der Eingang befand
sich in der Mitte des Hauses. Über
zwei Steintreppen gelangte man in den
Flur, der mit roten Platten ausgelegt
war. Links ging es in die Küche,
dahinter lag ein Wohnzimmer. Rechts
ging es in die Waschküche. Von hier
aus ging es in ein leeres Zimmer.
Dieses Zimmer war für die nächsten 2 ½
Jahre unser Zuhause, d. h. für meine
Mutter und mich.
Im Flur befand sich neben dem Eingang
zur Waschküche ein Ofen, direkt in der
Wand, wo Brot und Kuchen gebacken
wurden.. Unser Zimmer hatte 2 Fenster,
davor hingen zerrissene Gardinen. Es
war ca. 15 qm groß. Rechts in der Ecke
stand ein Eisenbett mit einer
erbärmlichen Matratze darauf und einer
alten Decke. Links neben der Tür stand
der beige Kachelofen. Das war die
ganze Einrichtung des Zimmers.
Gegenüber dem Wohnhaus lag ein
Gebäude, in dem die Schweine, Enten,
Gänse und Hühner gehalten wurden..
Links erstreckte sich ein weiteres
Gebäude, hier waren die Kühe und
Pferde untergebracht. Dahinter lagen
der Misthaufen und eine große
Jauchegrube, die offen war. Von hier
aus gelangte man auch direkt zu den
Koppeln. Neben dem Schweinestall lag

ein schöner Gemüsegarten, der
ordentlich eingezäunt war und wo neben
Gemüse auch Blumen angepflanzt waren.
Als wir hier eintrafen war es noch
sehr kalt. Die Fenster in unserem
Zimmer waren jeden Tag zugefroren.,
Eisblumen waren zu erkennen. Unsere
Tätigkeit bestand darin, überall
mitzuarbeiten. Anfangs hatte ich noch
die Ruhr und machte eine
Riesenschweinerei in der Waschküche.
Alles hatte ich voll Kot gemacht.
Dafür bezog ich dann von dem Bauern
ordentlich Prügel. Meine Mutter musste
nach getaner Arbeit dann auch noch
meine Schweinerei beseitigen.
Abends saß ich dann mit ihr auf dem
einzigen klapprigen Stuhl vor dem
Kachelofen, die Tür geöffnet, um uns
zu wärmen und um zu sehen. Licht war
nicht im Zimmer. Ein Teller mit ein
paar Stullen war unser Abendbrot. Dazu
gab es noch Milch. Wir schlangen das
Essen herunter und blieben noch etwas
vor dem Ofen sitzen, um uns zu wärmen,
bevor wir uns hinlegten. Das
Abendessen war die einzige Mahlzeit,
die wir erhielten. Morgens weckte man
uns barsch, sehr früh. Dann ging es in
die Waschküche zum waschen und
anschließend mussten wir tun, was der
Bauer verlangte.
Ich hütete draußen auf der Koppel die
Schweine. Mit einem Stock in der Hand
passte ich auf die Tiere auf und trieb
sie wieder zusammen, wenn sie mal
versuchten auszubrechen. Schweine
können recht schnell laufen. Morgens

trieb ich sie aus dem Stall auf die Koppel und hütete sie den ganzen Tag. Es waren ca. 15 Schweine, auf die ich aufpassen musste. Sehr häufig wühlten sie auch in dem Misthaufen hinter dem Pferde- und Kuhstall herum. Sie sahen dann wie richtige Dreckschweine aus und stanken auch so.

In ca. 100m Entfernung von dieser Koppel stand ein Haus mit Garten. Häufig schaute unten aus einem der Fenster eine Frau heraus und beobachtete mich. Manchmal winkte sie mir und ich winkte zurück.. Eines Tages winkte sie mir wieder zu und bedeutete mir, dass ich zu ihr kommen solle.
Ich schaute nach meinen Schweinen, ob sie auch noch alle beisammen waren und rannte dann los, zu der Frau hin. Sie sagte mir etwas auf polnisch, ich verstand es nicht. Aber es war freundlich gemeint. Dann strich sie mir mit der Hand über den Kopf und drückte mir ein paar Bonbons in die Hand. Hastig ergriff ich die Bonbons und rannte wieder zu meinen Schweinen. Einmal, mitten im Winter, es war sehr kalt, der Schnee lag hoch, rissen mir die Schweine aus. Es gelang mir nicht, sie wieder zusammenzutreiben. Sie rannten in benachbarte Grundstücke und taten sich dort gütlich. Ich weiß nicht mehr, wie die Schweine zurückkamen, ob der Bauer sie zurückholte oder ob es mir gelang, die Tiere wieder einzufangen. Auf jeden

Fall hatte es für mich ein böses, schmerzliches Nachspiel. Der Bauer zog mich nackt aus, band mir einen Strick um die Fessel eines Fußes und peitschte mich mit der Pferdepeitsche aus. Ich stand hilflos im Schnee, einen Fuß angepflockt wie ein Stück Vieh,, und musste die Schläge über mich ergehen lassen. Nach etlichen Schlägen auf den Körper band der Bauer mich wieder los und scheuchte mich zurück ins Haus. Trost fand ich erst spätabends bei meiner Mutter vor dem Kachelofen. Dieses Erlebnis war einerseits sehr einprägsam für mich und andererseits auch die Ursache für meine erfrorenen Füße. Die Füße wurden dick und rot und juckten wie verrückt. Ich kratzte bis sie blutig waren und hatte dann große Schmerzen. Mutter verband mir die Füße mit irgendwelchen Lumpen, die sie aufgetrieben hatte. Am nächsten Tag musste ich die Füße in eine Schüssel tauchen, zuvor hatte ich rein uriniert. Danach verband Mutter die Stellen am Fuß, sie fingen an zu eitern, mit den Blättern der Futterrübe. Ich merkte eine deutliche Linderung der Schmerzen.
Mit der Zeit wurde es besser, es wurde draußen wärmer und die Beschwerden wurden erträglich. Alles fing an zu grünen und zu blühen. Inzwischen verstand ich auch schon die polnische Sprache, jeden Tag etwas mehr. So konnte ich meiner Mutter immer berichten, was ich so gehört hatte. Das Verstehen der Sprache machte es

uns beiden etwas leichter. Innerhalb
kurzer Zeit verstand ich diese Sprache
fast perfekt, während meine Mutter
noch ihre liebe Mühe hatte. Als sie
eines Morgens mit Pferd und
Leiterwagen aus dem Hof nach rechts
heraus galoppierte, wusste ich sofort,
sie hatte nicht verstanden, was der
Bauer ihr aufgetragen hatte, Ich
rannte, so schnell ich konnte, dem
Wagen hinterher und sagte meiner
Mutter, was sie zu tun hatte. Das
Gespräch zwischen ihr und dem Bauern
hatte ich zuvor genau mitgehört. Er
hatte ihr gesagt, sie solle auf die
Wiese fahren und Heu holen. Sie hatte
jedoch verstanden, sie solle in den
Wald fahren und Holz holen. Dankbar
küsste sie mich und schlug dann die
andere Richtung ein, um Heu zu holen.
Jetzt war auch die Zeit gekommen, wo
die Schweine geschlachtet wurden. Im
Hof wurde ein Feuer unter einem
Eisengerüst gemacht. Zuvor hatte man
das tote Schwein, das ausgeblutet war,
an diesem Gerüst aufgehängt. Die
Flammen loderten an dem Schwein hoch
und verbrannten die Borsten auf der
Haut. Das Feuer wurde dann gelöscht
und dann übergoss der Bauer das
Schwein mit kochendem Wasser, um die
restlichen Borsten zu entfernen.
Danach begann der Bauer mit zwei
Helfern, das Schwein zu schlachten.
Ich schaute der ganzen Prozedur mit
einer gewissen Befriedigung zu, für
uns würde doch wohl auch ein

Leckerbissen abfallen. Und so war es
dann auch.

Die Ruhr hatte ich inzwischen
überwunden, mit den Füßen ging es
jetzt auch besser. Zu allen Tieren,
die hier auf dem Bauernhof waren,
hatte ich inzwischen ein gutes
Verhältnis. Es machte mir Spaß, die
Pferde zu striegeln. Und wenn meine
Mutter die Kühe molk, trank ich
manchmal schon im Stall die Milch
direkt aus dem Melkeimer. Sie war ganz
warm.

Den Bauernhof mit all seinen Ställen,
den Tieren, den Geräten aller Art
sowie die Umgebung kannte ich nun
schon gut. Immer, wenn die Frau aus
dem Nachbarhaus mich sah, winkte sie
mich heran und ich bekam meine
Bonbons. Es war mir inzwischen auch
möglich, mich mit ihr zu unterhalten.
Von den Schlägen, die ich erhalten
hatte, erzählte ich ihr natürlich. Ich
glaube, sie hat sich bestimmt für uns
eingesetzt. Auf jeden Fall wurden wir
plötzlich besser behandelt. Manchmal
sprach auch die Bäuerin mit meiner
Mutter und hin und wieder rief sie
mich zu sich herein und steckte mir
etwas Essbares zu. Der Bauer durfte
hiervon allerdings nichts wissen.

Der Herbst zog langsam ein. Das
bedeutet, noch etwas mehr Arbeit als
bisher. Die Kartoffeln mussten aus dem
Acker geholt werden, das gemähte Gras

auf den Wiesen war zu Heu geworden und musste eingefahren werden. Die Futterrüben wurden ausgemacht und zum Trocknen in eine Reihe gelegt. Etwas später wurden dann die Blätter mit einer Art Buschmesser von der Rübe abgeschlagen. Die Rüben kamen auf einen Haufen, die Blätter auch. Alles wurde mit dem Pferdewagen dann auf den Hof gefahren, wo es gelagert wurde. In den Wald musste praktisch zu jeder Jahreszeit gefahren werden, um Brennholz zu holen. Das machte mir immer einen Riesenspaß.

Noch ehe wir es vor lauter Arbeit merkten, klopfte auch schon der Winter an die Tür. Es wurde wieder kalt, die Tage viel kürzer. Und dann war Weihnachten da. Für uns, meine Mutter und mich, war es nach Monaten voller Entbehrungen, Erniedrigungen und harter Arbeit das erste Mal, dass wir ausspannen konnten. Wir brauchten über Weihnachten nicht zu arbeiten und wurden Heiligabend von den Bauersleuten zum Essen in die gute Stube eingeladen,, die wir das erste Mal betraten. Es war mollig warm, das Essen ausreichend und gut, eine Wohltat schlechthin.

Der Arbeitsalltag hatte uns dann schnell wieder eingeholt. Manchmal, wenn es draußen schon stockdunkel war, saß ich alleine in unserem Zimmer. Meine Mutter war noch nicht zurück von der Arbeit. Ich hatte dann große Angst, Angst, sie käme nicht mehr zu

mir zurück. Spielzeug hatte ich nicht, wohl aber eine kleine Tasche meiner Mutter, mit Reißverschluss. Dieser Reißverschluss war für mich meine Eisenbahn.. Ich machte ihn auf und zu, die Lok fuhr immer von einem Punkt zum anderen. Hatte ich mit der „Eisenbahn" genug gespielt, nahm ich meine Hände. Ich machte die auf und schaute auf die Innenseite. Dann winkelte ich acht Finger an und es schauten mich in Gedanken acht Pferde an. Ich spielte so lange, bis meine Mutter irgendwann kam. Die Freude war dann riesig.
Die Monate vergingen. Kinder habe ich keine gesehen, die Bauersleute hatten keine.

Herbst 1947 – 1949 – Seebad Ahlbeck

Im Herbst 1947 kam morgens der Bauer
zu uns und sagte, wir seien frei. und
könnten nach Hause. Wir konnten es gar
nicht fassen. Der Bauer gab Mutter ein
Schriftstück, sie musste bestätigen,
dass wir es gut bei ihm hatten. Sie
tat es. Fast 2! /2 Jahre waren wir nun
schon hier, die Leute waren inzwischen
gut zu uns, es war uns alles vertraut.
Ein wenig traurig waren wir, doch die
Freude überwog. Es sollte nachhause
gehen, unfassbar, aber wahr. Doch wo
war dieses
Zuhause? Es war allen bekannt und
bewusst – Stettin, die Heimat gab es
nicht mehr. Hier waren jetzt die
Polen. Die Bauersleute fragten uns
natürlich, wo wir denn hin wollten.
Meine Mutter wusste es ganz genau:
nach Seebad Ahlbeck auf der Insel
Usedom.. Hier wohnte die Schwester
meiner Mutter.

Wir packten ein paar Kleinigkeiten
zusammen. Die Frau gab uns reichlich
Proviant mit und dann bestiegen wir
mit dem Bauern zum letzten Mal das
Pferdefuhrwerk. Es ging zum Bahnhof.
Hier verabschiedete sich der Bauer,
nicht ohne noch einmal zu fragen, ob
wir nicht doch dableiben wollten. Er
hatte uns inzwischen als gute und
folgsame Arbeitskräfte schätzen
gelernt.

Acht lange Tage waren wir unterwegs.
Ich fragte immerzu, wo es denn
hingeht. Mutter wusste es jedoch
selbst nicht. Endlich kamen wir an.
Wir waren in Kirchmöser bei Berlin in
einem Quarantänelager gelandet. Hier
mussten wir ca. 4 Wochen bleiben. Dann
wurden die Leute, die keine Heimat
mehr hatten und die auch von keinem
Angehörigen abgeholt wurden, zur
Arbeit in Kolchosen eingeteilt. Mutter
und ich saßen bereits in einem Zug,
der uns in eine Kolchose nach
Magdeburg bringen sollte, als
plötzlich gegen ½ 12 nachts eine Frau
Käte Jesse laut auf dem Bahnsteig
ausgerufen wurde. Wir stiegen wieder
aus dem Zug aus und meldeten uns.
Draußen stand mein Vater. Er war erst
kürzlich aus russischer Gefangenschaft
zurückgekehrt, und nahm uns beide in
Empfang. Mein Vater war mir fremd.

Wir fuhren nun nach Seebad Ahlbeck zu
Tante Anni, einer Schwester meiner
Mutter. Die Freude meiner Mutter war
überwältigend. Ich staunte nur, konnte
mich jedoch in Deutsch nicht mehr so
verständlich machen.

Usedom, eine Insel mit 445 qkm Größe,
ist ein kleines Paradies, an der
schmalsten Stelle ist sie nur 350 m
breit. Und was die Seebäder angeht, da
hat die Insel die Nase vorn, noch vor
Rügen. Vom Peenemünder Hafen bis nach
Seebad Ahlbeck sind es 42 km
Strandlänge. Die Insel hat zwei

Zugänge, im Norden bei Wolgast über
die Peene und im Süden die Zecheriner
Brücke, die den Zugang der Insel seit
Mitte der dreißiger Jahre des 20.
Jahrhunderts ermöglicht. Im Innern der
Insel gibt es schöne Wälder,
hauptsächlich Mischwälder, aber auch
Kiefernwälder. Es gibt Heide- und
Moorlandschaften und zahlreiche Seen.
Im letzten Viertel des 19.
Jahrhunderts, und zwar 1876 erlangte
die Insel Eisenbahnanschluss.
Im Südosten der Insel liegen die
bekannten Seebäder Ahlbeck,
Heringsdorf und Bansin. Die Orte gehen
mittlerweile ineinander über und
hatten 1950 zusammen ca. 12.000
Einwohner. Sie sind aus Fischerdörfern
entstanden.
Seebad Ahlbeck, das war unsere neue
Heimat. Hier in der Friedrichstrasse
Nr. 7 wohnte in einem großen Haus
meine Tante Anni, eine Schwester
meiner Mutter. Ferner wohnten hier
Max, Ihr Sohn und mein Cousin Kalli.
Kalli hatte keine Eltern mehr, beide
waren im Krieg gestorben. Tante Anni
nahm ihn auf und erzog ihn wie einen
eigenen Sohn.. Das Haus Friedrichstr.
Nr. 7 war ein sehr großes Haus,
welches bis in die Goethestr. reichte.
Es stand auf einem Eckgrundstück von
ca. 4.000 qm. Auf dem Hof stand ein
weiteres Haus, das Hinterhaus. Wir
wohnten in dem großen Vorderhaus. Es
hatte 3 Stockwerke. Früher befand sich
genau auf der Ecke Friedrichstr/

Goethestrasse das Kaufhaus Saldsieder,
sowie in der Goethestr. das Restaurant
zum Krokodil. Jetzt ist alles umgebaut
worden. Schade, es hatte so schöne
Steintreppen, die wie zu einer Empore
in das Restaurant führten. Das Haus
gehörte meiner Tante Anni, ihrem Mann
Hans und dessen Schwester. Die Wohnung
von Tante Anni befand sich im ersten
Stock, zu erreichen über eine steile
Holztreppe. Wir bewohnten dort ein
sehr schönes Zimmer.

Während meine Mutter mit ihrer
Schwester bestimmt viel zu erzählen
hatte, packte mich gleich eine
ungeheure Neugierde. Ich wollte alles
sehen und auskundschaften. Vom Haus
waren es ca. 300 m bis zum Strand..
Sobald sich die Gelegenheit bot,
flitzte ich los, an den Strand. Das
Rauschen des Meeres faszinierte mich
sofort und zog mich in seinen Bann.
Von der Promenade aus ging es direkt
auf die Seebrücke. Sie war ganz aus
Holz, gelb angestrichen und mit roter
Dachpappe gedeckt. Die Seebrücke stand
auf mächtigen Baumstämmen tief im
Wasser.. Man konnte sie ganz
umwandern.. Die Hauptattraktion war
das Restaurant, hier wurde immer zum
Tanz aufgespielt. Wir Kinder drückten
uns die Nase platt, um einen Blick in
das bunte Innere werfen zu können.
Früher war diese Brücke noch länger,
ging weiter ins Meer raus und die
Schiffe aus den anderen Seebädern
legten hier an.

Der Strand war um diese Zeit, es ging
dem Winter zu, natürlich leer. Es
standen keine Strandkörbe mehr dort
und Feriengäste waren auch nicht mehr
da. Doch die Fischerboote fuhren Tag
und Nacht raus auf See, um den Fang
einzuholen. Flunder und Aal wurden
viel gefangen. Oft schaute ich den
Fischerbooten nach, wenn sie mit ihren
alten Dieselmotoren lostuckerten. Sehr
interessant wurde es natürlich auch,
wenn sie wieder an Land kamen. Die
gefangenen Fische wurden gleich in
Holzkisten verladen und dann auf eine
Strandkarre gepackt. Nachdem der Pott
entladen war, zogen die Fischer mit
ihrer Karre zu ihrem Fischerhaus,
einer alten Bretterbude, schwarz
gestrichen mit dicker Dachpappe
versehen. Und hier strömten dann auch
gleich die Leute herbei, um von den
Fischern direkt die beste Ware zu
kaufen.
Die See wurde jetzt immer rauer. Die
Fischer fuhren nicht mehr so häufig
raus. Sie reparierten dann ihre Netze
in den Buden.
Inzwischen hatte ich ganz Ahlbeck
kennen gelernt. Es gab keine Strasse,
keinen Weg, den ich nicht schon
gegangen war.
 Der Winter hielt seinen Einzug.
Weihnachten war da. Kalli und ich
bekamen zum Fest jeder einen
wunderbaren Pferdestall aus Holz mit
Pferd und Wagen. Das war sehr schön.
Diese Pferdeställe hatte mein Opa für
uns Kinder gebaut. Früher, als wir

noch in Stettin wohnten, kam meine
Mutter manchmal mit mir nach Ahlbeck
zu ihren Eltern zu Besuch. Es war eine
Schiffsreise von Stettin nach
Swinemünde und von dort ca. 3 km zu
Fuß nach Ahlbeck. Opa und Oma wohnten
damals unten in dem großen Haus.
Vor der Haustüre, jede Wohnung hatte
einen eigenen Eingang, stand eine
Wasserpumpe aus Holz mit einem großen,
schweren Eisenschwengel.. Einmal
pumpen und der Wassereimer war fast
voll. Bevor mein Opa dann aus der
Wohnung ging, aß ich mit ihm meine
geliebte Grießsuppe. Ich sagte immer:
" Opa, iss mir nicht die ganze
Drießsuppe auf!"

Noch bevor ich mit meiner Mutter aus
der Gefangenschaft zurückkam, war mein
Opa tot. Damals kurz nach Kriegsende,
war er gerade in der Nähe des
Friedhofs von Ahlbeck. Davor standen
einige Baracken und hier begegnete er
einem Jungen, der eine Handgranate in
der Hand hielt. Er forderte ihn auf,
dieses gefährliche Ding wegzuwerfen.
Doch der Junge lachte meinen Opa aus
und rannte weg. Im Weglaufen schmiss
er dann die Granate achtlos weg,
wahrscheinlich hatte er doch Angst
bekommen. Für meinen Opa war es jedoch
zu spät, die Granate explodierte und
riss ihm die halbe Hüfte weg. Er
verblutete an Ort und Stelle.

Da mein Vater mir so fremd und auch
nie da war, hatte ich nur eine Bindung

an meine Mutter und nun auch an Tante
Anni und meine Cousins Max und Kalli.
Das neue Jahr hatte begonnen. Mein
Deutsch war inzwischen schon wieder
recht ordentlich geworden. Es war das
Jahr meiner
Einschulung. Mein Schulanzug war
schick und gefiel mir gut. Mutter
hatte ihn aus einem alten Zuckersack
genäht.
Das schönste an der Einschulung war
natürlich die Schultüte. Sie war voll
mit den herrlichsten Süßigkeiten. Ich
ging zur Schule und hatte meine ersten
Freunde gefunden.

1949 - 1953 Behrenhoff

Anfang des Jahres 1949 begann wieder
ein neuer Lebensabschnitt. Eines Tages
stand so ein komisches Gefährt in der
Friedrichstrasse. Es war eine kleine
Zugmaschine mit einem Möbelanhänger
dahinter. Draußen war es bitterkalt.
Die Möbelpacker, meine Mutter und
Tante Anni beluden den Möbelwagen.
Kleinigkeiten schleppte ich auch
herbei. An meinen Vater kann ich mich
wieder nicht erinnern. Nachdem alles
verpackt war, ging die Reise los. In
dem Möbelwagen war vorne eine Kabine
mit einer Bank darin und einige Decken
zum Zudecken. Eine Heizung war nicht
in dieser Kabine und so hüllten wir
uns in die Decken ein. Und los ging
die Fahrt. Wir zitterten die ganz Zeit
über wie die Schneider, es war
unglaublich kalt. Die Scheiben nach
draußen waren zugefroren.
Wir waren nun unterwegs nach
Behrenhoff. Kreis Greifswald auf dem
Festland. Bis dahin sind es ca. 70 km.
Die Fahrt dauerte unendlich lange, wir
waren Stunden unterwegs. Die Strassen
waren alle glatt.
Behrenhoff, 12 km von Greifswald
entfernt, war ein altes Gutsdorf. Die
Ländereien, die Güter gehörten einst
dem Grafen Behr. Hier gab es auch
einmal ein Schloss, es wurde jedoch
gleich nach Kriegsende von den Russen
zerstört. Der Möbelwagen hielt in
Behrenhoff vor einem neu erbauten,
unverputzten Haus an. Hier war jetzt

unser neues Zuhause. Keiner hatte mir
vorher etwas gesagt von diesem Umzug.
Es war ein kleiner Bauernhof, eine
sogenannte Nebenerwerbssiedlung. Die
Sachen wurden entladen und Mutter
begann mit der Einrichtung. Ich kann
jetzt nicht mehr sagen, ob mein Vater
schon da war oder nicht. Jedenfalls
lebten wir hier nun zu dritt. Um die
Landwirtschaft kümmerte sich fast
ausschließlich meine Mutter. Mein
Vater saß im Büro des Bürgermeisters
und verrichtete dort
Verwaltungsaufgaben.
Haus und Grundstück, ca. 3000 qm,
lagen in unmittelbare Nähe des „alten
Parks". Das Haus war zu einer Hälfte
Wohnung und zur anderen Hälfte
Viehstall. Nur ein kurzes Stück der
Hauptstrasse des Dorfes war
gepflastert,, alle übrigen Wege
bestanden nur aus Sand. Vor dem Haus
stand ein großer, alter Lindenbaum.
Öffnete man die Eingangstüre, so stand
man anschließend im Flur. Geradeaus
ging es in die Küche. Diese Küche war
für uns alle, auch für das Vieh, da.
Links vom Flur ab ging eine Holztreppe
nach oben, hier befanden sich zwei
Zimmer, die aber noch ausgebaut
werden mussten. Dann war hier oben
die Räucherkammer und blanker
Holzboden, wo wir Getreide für den
Eigenbedarf aufbewahrten. Unten ging
es dann vom Flur rechts ab in ein
großes Zimmer mit einem Kachelofen.
Von dort ging es in ein weiteres
Zimmer, auch dort war ein Kachelofen.

Dieses wurde unsere gemütliche Stube.
Geheizt wurde nur hier und in der
Küche. Toilette war nicht im Haus.
Draußen, in der Nähe des großen
Misthaufens, stand ein kleines
Häuschen mit einem Herzen.
Von der Küche aus führte eine Tür
direkt in den Stall. Hier waren drei
Schweinebuchten, der Hühnerstall und
eine Box für die beiden Kühe. Die
ältere Kuh war schwarz und wir nannten
sie „die Alte", auch auf pommerisch
„Ullekin" gerufen. Die andere Kuh war
weiß und jung. Wir nannten sie einfach
„die Weiße". Daneben stand unser
Pferd. Es war ein Wallach, ca. 6 Jahre
alt.
Dieses Pferd war blind. Wir nannten es
„Schimmel" und ihm gehörte meine ganze
Liebe. Außerdem hatten wir noch zwei
Schafe und eine kleine Ziege, die wir
„Rickchen" nannten.

Dann gab es noch einige Enten und
einen Puter. Der Puter wurde wirklich
immer sehr böse, wenn ich etwas rotes
anhatte. Oft machte ich mir einen Spaß
daraus, ihn zu ärgern.
Ich lebte mich sehr schnell ein. In
der Schule kam ich auch gut mit, nur
Russischunterricht mochte ich nicht.
Immer war ich zu allerlei Schabernack
aufgelegt. In der ersten Zeit fand der
Unterricht in einem Zimmer des
Bürgermeisteramtes statt. Ich war dann
immer ganz stolz, denn nebenan
arbeitete ja mein Vater. Meistens
hatten wir ca. 4 Stunden Unterricht.

Mittags, wenn ich nachhause kam, war niemand da. Mutter hatte mir aber etwas zum Essen bereitgestellt. Nach dem Essen machte ich, wenn ich Lust hatte, aber auch nur dann, meine Hausaufgaben.
Die Verlockungen, hier alles kennen zu lernen, zu erkunden und zu erforschen waren mir viel wichtiger. Der Ablauf des Tages war immer verschieden, auf jeden Fall für mich immer sehr interessant. Ich war heilfroh, wenn ich nicht gleich die Hausaufgaben machte, sondern Mutter mir etwas auftrug. Oft holte ich dann den Schimmel aus dem Stall. Er parierte aus Wort und ging nur, wenn er genau wusste, dass jemand die Zügel hält und ihn führt. Ich spannte das Pferd vor unsere Schleppe und fuhr zu meiner Mutter aufs Feld. Mit der Schleppe wurden kleine Arbeiten ausgeführt.. Sie bestand aus einer Holzplattform, ca. 2 m lang und 1,30 m breit und war auf starken Holzkufen montiert. Sie wurde sowohl im Sommer als auch im Winter gebraucht. Eine Peitsche hatte ich immer dabei, aber ich benötigte sie kaum. Willig zog mich der Schimmel in allen Gangarten bis aufs Feld. Hier musste ich dann mit meiner Mutter und anderen Frauen und Männern Zuckerrüben verziehen, das heißt Unkraut aushacken. Ich gab mir Mühe, der Rücken fing an zu schmerzen und so manches unschuldige Zuckerrübenpflänzchen hat dran glauben müssen.

Schnell verging die Zeit. Meine innere
Uhr zeigte mir den Feierabend an. Der
Zeitpunkt stimmte nicht immer
unbedingt mit dem der Erwachsenen
überein. Ich holte den Schimmel, der
die ganze Zeit seelenruhig auf drei
Beinen gestanden hatte, und fuhr mit
Mutter nachhause.
Hier war inzwischen der Teufel los.
Die Schweine schrieen wie verrückt,
sie hatten Kohldampf. Aber erst
mussten wir Ihnen etwas zubereiten.
Kartoffeln wurden in einem großen
Kessel in der Küche gekocht. Dann
schüttete ich die Kartoffeln in einen
großen Bottich und zerstampfe sie mit
einer speziellen Hacke. Diese Hacke
sah wie ein S aus und war sehr scharf.
Dann wurde noch etwas Kleie
hinzugemengt und die Fütterung konnte
los gehen. Ich füllte den Futtereimer
aus Eisen voll und trug ihn an die
Tröge der Schweine. Sie empfingen mich
mit Geschrei und Gegrunze. Ich hatte
Mühe, das Futter in die Tröge zu
füllen. Die Schweine fraßen gierig und
schmatzten genüsslich dazu. Das Pferd
stand jetzt auch in seinem Stall und
fraß zufrieden seinen Hafer.. Nach dem
Fressen tränkte ich es, meistens war
es ein Wassereimer voll, ca. 10 l, den
es leerte.. Das Pferd trank den Eimer
in einigen Sekunden leer. Die zwei
Kühe kamen zum Schluss dran Sie fraßen
ihr Futter gemächlich
Melken konnte ich jetzt auch schon. Am
liebsten molk ich die Alte, sie war
richtig lieb. Ich saß auf einem

kleinen Hocker, zwischen den Beinen
hielt ich den Eimer, und begann zu
melken Den ersten Strahl aus
irgendeiner Zitze benutzte ich dazu,
die anderen Zitzen des Euters
einzureiben, damit die Kuh beim Melken
keine Schmerzen hatte. Das Euter hatte
meistens 4 Zitzen, es gab auch welche
mit 5. Gemolken wurde immer über
Kreuz.. Hatte ich Durst oder Appetit,
so lenkte

ich den Milchstrahl aus dem Euter
direkt in meinen Mund.. In all den
Jahren trank ich die Milch sehr häufig
so.
Wenn die Tiere alle gefüttert waren,
dann war Ruhe. Die Arbeiten im Stall
machte ich meistens mit Mutter
alleine. Vater kam oft spät nachhause,
er war dann betrunken. Mutter machte
ihm dann Vorhaltungen. Es ging laut
zu. Vater jedoch war ganz ruhig und
leise.
Der nächste Tag begann dann schon sehr
früh um 5 Uhr morgens. Das Vieh schrie
und wollte versorgt werden. Der Hahn
war schon draußen auf dem Misthaufen
und krähte fleißig. Die Hühner saßen
noch alle auf ihrer Stange im
Hühnerstall.. Vom Stall aus führte
eine große Tür auf den Hof. Neben der
Stalltür war eine kleine Luke,
versehen mit einer kleinen Leiter nach
außen.. Nachdem die Schweine und das
Pferd versorgt waren, trieb ich die
Kühe auf die ca. 1,5 km entfernte
Koppel.. Die Milch, die die Kühe

gaben, wurde dann in 1 oder 2
Milchkannen aus Aluminium ins Dorf
gebracht. Hierzu benutzte ich dann das
Pferd mit der Schleppe. Im
Durchschnitt gab eine Kuh pro Tag 10 l
Milch. Mitten im Dorf an der
Friedhofsmauer stand die Rampe, auf
die alle Leute ihre Milchkannen
stellten. Dann kam ein LKW und die
Milchkannen wurden in einen großen
Milchtank geschüttet. Die Milchkannen
wurden im Lauf des Tages von den
Leuten wieder abgeholt. An den
Friedhof im Dorf grenzte eine große
Gärtnerei. Der Mann, er hieß Hahn, war
wohl nicht aus dieser Gegend. Er
sprach, genau wie seine Frau, einen
für uns komischen Dialekt. Man konnte
hier viel Obst und Gemüse kaufen.
Sogar herrliche Weintrauben wuchsen in
dieser Gärtnerei. Wir Jungen hatten
eine Vorliebe, bei dem Gärtner
einzukaufen und ihn zu bitten, die
Weintrauben oder das Gemüse doch bitte
in eine Tüte einzupacken, obwohl wir
wussten, es gab kaum Tüten. Aber
manchmal hatte der Gärtner Tüten,
meistens jedoch nicht. Am liebsten war
uns, wenn keine Tüten da waren. Der
Gärtner sagte dann nämlich immer zu
uns": Ich habe keine Titten, wie oft
soll ich es euch noch sagen!" Das war
es, was wir hören wollten. Wir lachten
wie die Verrückten und entfernten uns
unter wüstem Geschimpfe des Gärtners.
Schräg gegenüber dem Bürgermeisteramt
lag auf der anderen Straßenseite eine
uralte Scheune. , riesig groß, aus

Feldsteinen gebaut und mit Reet gedeckt. Ganz vorne oben auf dem Giebel thronte das Storchennest. Ich freute mich über diese Tiere und sah sie später ihre Jungen aufziehen. Störche gab es damals sehr viele hier in der Gegend. Oft waren sie auf den Wiesen, ein
Dorf weiter in Busdorf waren sie in Scharen. Ich beobachtete sie sehr gerne und sah sie sehr oft die Frösche verschlingen, die hier zu Hunderten herumhüpften.

Im nächsten Jahr musste die Scheune einem hässlichen Neubau weiche. Es gab bis dahin im Dorf keinen einzigen Lebensmittelladen, keinen Bäcker oder sonstigen Laden gab es hier. In dem Neubau gab es dann links eine Kneipe. Der Wirt hieß Zarger, und rechts war der Konsum untergebracht. Vom glitschigen Brot bis zum Besen konnte man dort alles kaufen. Nach Büroschluss genehmigte mein Vater sich hier oft einen, aber einen richtigen. Er kam manchmal regelrecht auf allen Vieren nachhause.

Eines Tages schickte mich meine Mutter, ich sollte den Alten holen. Ich tat es. Als sich die Kneipe betrat, drehten sich gleich alle vom Tresen um und riefen:" Helli, Dein Sohn ist da!" Vater rief mich und fragte mich, was ich trinken wolle. Ich wollte aber nichts und sagte ihm nur: Mutti sagt, du möchtest bitte nachhause Kommen!" Kaum hatte ich es ausgesprochen, bekam ich von meinem

Vater eine derartige Ohrfeige, dass
ich unter den nächsten Tisch flog.
Mein Vater schrie wild und wollte mich
weiter verprügeln.. Andere Gäste
hielten ihn jedoch fest, und so konnte
ich schnell sehen, dass ich weg kam.
Draußen war es jetzt stockdunkel.
Nachdem ich mich wieder etwas erholt
hatte, beschloss ich, mich zu rächen.
Da stand ich nun, hatte von Vater, der
immer noch in der Wirtschaft
rumgrölte, eine geschmiert bekommen
und wagte auch nicht nachhause zu
gehen. Aus Wut, dass der Alte wieder
säuft, hätte ich von Mutter garantiert
auch noch eine Backpfeife bekommen.
Ich wartete so lange draußen bis mein
Vater endlich rauskam und den Heimweg
antreten musste. Deutlich konnte ich
von draußen durch das erleuchtete
Fenster seinen Schatten sehen. Ich
freute mich schon diebisch. Endlich
kam er schwankend aus der Tür. Nach
ein paar Schritten lag er auch schon
mitten im Staub auf der Dorfstrasse.
Er trug einen weinroten Mantel, der
geöffnet war. Der Gürtel schleifte auf
der Erde, der Hut war ihm vom Kopf
gefallen. Jetzt hatte ich meinen
Auftritt. Gegenüber der Wirtschaft
lagen in flacher reihe die
Kalischuppen. ich schoss den Hut
meines Vaters auf das Dach dieses
Schuppens, wo er auch liegen blieb.
Inzwischen hatte er sich wieder
aufgerappelt und versuchte erneut,
schwankenden Schrittes den Heimweg
anzutreten. Langsam torkelnd ging er

in Richtung Haus, ich immer auf seiner
Spur.. Sein Mantel war immer noch
geöffnet und der Gürtel schleifte noch
über den Boden. Er war so betrunken,
dass er mich gar nicht bemerkte. Nach
ein paar Metern trat ich von hinten
auf den schleifenden Gürtel und erneut
lag Vater wieder auf der Dorfstrasse.
So trieb ich es drei bis vier Mal.
Dann rannte ich schnell voraus und
berichtete Mutter alles, vor allem,
dass er mich geschlagen hatte. ich
konnte sicher sein, dass er eine
Standpauke bekam- und das nicht zu
knapp- Meine Rache hatte ich ausgeübt.
Vater schlief seinen Rausch aus und am
nächsten Morgen ging der schon früh
wieder ins Bürgermeisterbüro zur
Arbeit.
Die Arbeiten im Stall und auf dem Feld
verrichteten meistens meine Mutter und
ich. Nach einiger Zeit, die Arbeit war
Mutter bestimmt zu viel geworden, kam
ein Bruder meines Vaters, der Onkel
Reinhold zu uns auf den Hof, um hier
mit uns zu arbeiten. Das gefiel mir
zuerst gar nicht. In dem großen
Zimmer, dass von uns kaum benutzt
wurde, wurde ein Drittel durch einen
Kleiderschrank abgetrennt. Dahinter
wurde ein Bett mit einem Nachttisch
aufgestellt und hier schlief dann der
Onkel Reinhold. Zwischen dem Bett und
dem Kleiderschrank war eine Luke im
Boden, darunter
befand sich unser Kartoffelkeller..
Dort lagen die Kartoffeln, die wir
selber aßen. Die anderen Kartoffeln

lagerten draußen auf dem Hof in einer großen Miete. Diese Kartoffeln wurden abwechselnd mit Stroh und Erde bedeckt, das war dann die Miete diese Art und Weise kamen die Kartoffeln selbst durch den dicksten Winter.
Mein Onkel Reinhold war ein gut aussehender Mann, der bei den Frauen im Dorf gute Chancen hatte.. Das merkte ich sofort. Abends nach getaner Arbeit zog er sich einen schönen grünen Jägeranzug an. Dazu trug er feine Schuhe und einen Filzhut mit einer Feder.
Für Mutter und mich war die Arbeit nun etwas leichter geworden,, doch zu tun blieb immer noch genug. Jetzt hatte meistens Onkel Reinhold das Pferd. Er ging aber auch gut mit ihm um. Er verrichtete die Arbeit auf dem Feld, die für Mutter und mich zu schwer war. Allein das Pflügen war sehr schwer. Der Pflug musste ständig in den Boden gedrückt werden, damit die Furche auch tief genug wurde. Nach dem Pflügen kam das Eggen. Das konnte ich auch schon machen. Ich lief immer barfuss. Beim Eggen stellte ich mich manchmal hinten auf die Egge, hierbei musste ich höllisch aufpassen, dass ich nicht mit den Füssen zwischen die starken und spitzen Zinken der Egge geriet.
Um diese Zeit waren auf den Feldern sehr viele Hasen. Onkel Reinhold zeigte mir eine Fangmethode besonderer Art. Während des Pflügens ging ich hinter ihm her. Er hatte eine Mistgabel dabei. In den Furchen saßen

die Hasen mit angelegten Ohren,
manchmal nur einen halben Meter von
ihm entfernt. Gerade hatten wir wieder
einen Hasen, einen mächtigen Burschen,
links in der gepflügten Furche sitzen
sehen. Onkel Reinhold hielt den
Schimmel lautlos an, indem er die
Zügel los ließ. Sofort blieb das Pferd
stehen. Es ging nur auf einen
bestimmten Zug im Zügel. Jetzt stand
der Schimmel ganz ruhig und wartete
ab. Das Pferd schaute gerade aus,
Onkel Reinhold ging rechts an ihm
vorbei nach vorne. Meister Lampe lag
ganz friedlich in der Furche,, die
Ohren ganz angelegt, und schaute in
die entgegengesetzte Richtung. In
diesem Moment stand mein Onkel hinter
ihm und holte zu einem fürchterlichen
Schlag mit der Mistgabel aus. Er traf
den Hasen mitten auf den Kopf, dieser
war sofort tot. Triumphierend hob er
ihn auf und gab ihn mir. Daraus wurde
dann ein Festessen für uns alle.
Obwohl die Arbeit auf dem Feld für
mich in der Regel sehr schwer war, gab
es aber gerade hier Momente, die mich
alles ringsherum vergessen ließen.
Mittags, wenn die Sonne am höchsten
stand und auf uns nieder brannte, dann
war etwas ganz besonders für mich. Es
war die Lerche mit ihrem zauberhaften
Gesang. Sie stand regelrecht am blauen
Himmel und sang allen ihre schönen
Lieder. Oft stand die Lerche über eine
Stunde lang in der Luft und sang. Ich
schaute dann nur in den Himmel und
erfreute mich an ihrem Gesang.

Das Pflügen der Felder erledigten die Pferde mit dem Pflug. Und so war ich sehr erstaunt, als eines Tages ein Traktor mit einem Pflug auf dem Feld war. Es war ein alter Bulldog-Lanz. Ich war natürlich von diesem Gefährt fasziniert und wollte alles wissen. Der Mann auf dem Traktor nahm mich auch mit, aber das genügte mir nicht. Ich wollte selbst fahren. Nach einigem hin und her war es dann soweit, ich durfte selbst fahren. Man erklärte mir alles und dann sollte es losgehen. Ich hielt das Lenkrad krampfhaft fest, den Blick nach vorne gerichtet, fasziniert von dem Motorengeräusch und dem Qualm, der aus dem dicken Auspuffrohr kam, und hatte die Kupplung getreten. Den Gang hatte mir der Mann schon eingelegt.. Ich ließ die Kupplung langsam los, der Traktor ging vorne etwas hoch und dann war alles aus. Der Motor stand. Es war eine ziemliche Katastrophe für uns alle. Ich hatte mich unsterblich blamiert und musste mir einige Worte sagen lassen.. Das Schlimme war, der Traktor war nicht wieder so einfach in Gang zu bringen. Er musste angekurbelt werden. Vorher jedoch musste vorne am Motor der Glühkolben zum Glühen mittels einer Lötlampe gebracht werden. So eine Lampe hatte aber hier auf dem Feld niemand dabei. Also musste jemand ins Dorf und so eine Lampe besorgen. Ich machte mich klammheimlich aus dem Staub.

Ein paar Häuser von uns entfernt lag
ein weiterer kleiner Hof, der von der
Familie Heinrich bewirtschaftet wurde.
Zur Familie Heinrich zählten die
Mutter, der Sohn Günter und ein Onkel
Walter. Pferde sind wunderbare Tiere.
Man kann ihnen viel zumuten und
abverlangen, wenn man sie anständig
pflegt. Unser Pferd hatte den ganzen
Tag schwer mit Onkel Reinhold auf dem
Feld gearbeitet. Gegen Abend kam
Günter Heinrich und bat Onkel
Reinhold, er möge ihm doch noch unser
Pferd leihen. Onkel Reinhold lehnte
strikt ab. Daraufhin ging Günter zu
meiner Mutter und fragte sie. Onkel
Reinhold kam hinzu und war dagegen,
aber Mutter sagte ihm klar, dass er
nicht der Besitzer des Pferdes sei.
Somit habe er auch nicht zu
entscheiden, ob das Pferd jetzt noch
arbeiten konnte oder nicht. Sie gab
Günter Heinrich das Pferd. Ohne die
Hilfe unseres Pferdes wäre er
aufgeschmissen gewesen. Er hatte schon
im ganzen Dorf gefragt, aber niemand
wollte ihm sein Pferd geben. Zusammen
mit seinem Pferd, es hieß Lotte, und
unserem Schimmel konnte er seine Frist
einhalten. Das Feld musste an diesem
Tag bis zum Eintritt der Dunkelheit
bestellt sein, d. h. gepflügt sein.
Von diesem Tag an waren wir
freundschaftlich verbunden und
verrichteten viele Arbeiten gemeinsam.
So eggten und pflügten wir ab jetzt
unsere Felder gemeinsam.

Auf dem Hof gab es noch keinen
Wasseranschluss, unser Wasser zum
Trinken und Kochen wurde mit dem
Pferdewagen aus dem Dorf herbeigeholt.
Das Wasser für das Vieh holten wir aus
dem nahegelegenen See im Park, der uns
schräg gegenüber lag.
Eines Tages kam ein Mann namens Rabe
auf unseren Hof. Er war Brunnenbauer.
Mit der Wünschelrute aus Weiden gering
er den ganzen Hof und legte
anschließend den Punkt fest, wo nach
Wasser gebohrt wurde. Herr Rabe hatte
immer seinen kleinen Hund dabei, das
war so eine Art Rehpinscher, ein sehr
flinker und lieber Hund. Er parierte
seinem Herrchen aufs Wort
Die Arbeiten für den Brunnen gingen
zügig voran. Eines Tages brachte Herr
Rabe einen Käfig mit. Ich war
natürlich sehr neugierig und wollte
wissen, was sich darin befand. In dem
Kasten war ein Frettchen
untergebracht, es ist die kleinste
Wieselart. Herr Rabe erklärte mir,
dass das Tierchen zahm sei und er
damit und mit seinem Hund auf
Kaninchenjagd gehen würde. Dann zeigte
er mir auch einmal, wie das vonstatten
ging.
Nachdem der Hund einen Kaninchenbau
gefunden hatte, stellte er sich davor
und bellte laut.
Herr Rabe kam nun mit dem Frettchen
herbei, öffnete eine kleine Luke des
Käfigs und flink kam das Frettchen
heraus und verschwand in dem
Kaninchenbau. Dann konnte man deutlich

hören, wie drinnen gekämpft wurde. Die Kaninchen zogen immer den kürzeren. Nach einer Weile kam das Frettchen wieder heraus, Herr Rabe hielt ihm einen kleinen, mitgebrachten Leckerbissen hin und dann hüpfte es wieder in die kleine Kiste. Jetzt war der Hund an der Reihe und tat seine Arbeit. Knurrend, er konnte es kaum abwarten, verschwand er in dem Bau und kam nach kurzer Zeit mit dem ersten toten Kaninchen heraus. Insgesamt holte er drei oder vier Kaninchen heraus. Ich fand den kleinen Hund so zauberhaft, dass ich unbedingt auch einen haben wollte.

Es war ein großes Glück für mich, dass der Hund von Herrn Rabe gerade Junge bekommen hatte. So kam ich zu meinem kleinen Hund und ich war überglücklich. Wir nannten ihn Bello. Er war überwiegend weiß mit braunen Flecken und so klein wie eine Katze. Als wir ihn bekamen bellte er gleich und versteckte sich in der Küche unter einem Schemel. Von dort wollte er auch nicht so schnell wieder hervorkommen. Meinen Versuch, ihn unter dem Schemel hervorzuholen, quittierte mit einem kräftigen Biss in meinen Finger. Es tat aber nicht weh. Bello hielt daran fest und als ich die Hand hob, hing er immer noch an meinem Finger.

Mit der Zeit wurde er unser allerbestes Hundchen und war bei allem immer dabei.

Der April ging zu Ende und der 1. Mai kam und wurde im ganzen Dorf gefeiert.

Morgens begann die Feier im neuen
Park. Es ging bunt und lustig zu.
Stände für Speisen und Getränke wurden
aufgebaut. Auf dem Sportplatz wurde
für uns Kinder einiges vorbereitet.
Dort fanden dann sportliche Wettkämpfe
statt. Für die Erwachsenen wurde ein
Schiessstand aufgebaut. Das
interessiert mich sehr. Zwei
Sportgewehre mit einem 6 Schussmagazin
gab es dort. Diese Gewehre standen
sonst immer bei uns Zuhause
verschlossen im Kleiderschrank. Ich
wusste genau, wo sie waren, kam aber
nie an sie heran. Jetzt konnte ich mir
ansehen, wie so etwas funktioniert,
schießen durfte ich damit allerdings
nicht. Der 1. Mai war für uns alle ein
sehr schöner Tag. Abends fand zum
Abschluss für die erwachsenen im
ehemaligen Pferdestall des Gestüts,
der jetzt als Tanzsaal ausgebaut war,
ein Tanzabend statt. Wir Kinder waren
nicht eingeladen, waren aber trotzdem
alle da. Keinen hielt es Zuhause im
Bett. Es ging sehr lustig zu, es wurde
getanzt und getrunken und alle hatten
ihren Spaß. Wir Kinder gingen immer
für unsere Eltern Bier und sonstige
Getränke holen, die wir natürlich
schnell mal probierten. Und so wurde
dieser Abend immer lustiger. Wir
Kinder hüpften jetzt auch mit auf der
Tanzfläche herum. Die Musiker, die am
Tag schon auf dem Sportplatz gespielt
hatten, spielten jetzt auch hier.

Jetzt war eine sehr schöne Zeit. Alles grünte und blühte. In unserem Dorf waren zwei Parks,, der alte und der neue. Der alte Park lag uns direkt gegenüber. Dort gab es einen schönen großen Teich mit einer Insel. Den Teich konnte man ganz umwandern. Vom alten Park gelangte man über die Strasse in den neuen Park. Am Eingang dieses Parks standen zwei hohe, viereckige Säulen, auf den zwei Bären thronten. Mitten im Park lag der Sportplatz, umgeben von Hunderten von Rhododendrensträuchern. Von dort gelangte man auch auf den Friedhof, der von einer uralten Mauer umgeben war. Mittendrin stand die Kirche aus dem 13. Jahrhundert. Diese Kirche hatte keinen Turm und somit auch keine Glocken. Die Glocke war in einem massiven Holzgestell mit einem kleinen Dach, das etwas neben der Kirche stand untergebracht.
Es gab eine wunderbare Vogelwelt. Hier im neuen Park standen viele exotische Bäume, unter anderem auch drei großen Esskastanien. Die ganze bunte Vogelwelt war hier im Park zugegen und erfüllte den bunten Park mit noch mehr Leben. Besonders ein schöner Vogel fiel mir auf. Es war der Pirol. Er flog immer in die hohen Kastanien und holte sich die Kastanien. Dann war da noch der Eichelhäher, auch sehr schön und bunt. Er gefiel mir aber bei weitem nicht so gut wie der Pirol. Obwohl schön anzusehen, schrie er immer so laut, was mir gar nicht

gefiel.. Der Pirol dagegen, wunderbar, herrlich gelb, es war ein sehr schönes sattes Gelb, sang auch angenehm. Er war hier sehr häufig vertreten, überall begegnete er mir und ich kannte genau seinen Gesang, den ich liebte. Meisten hielt er sich im Esskastanienbaum auf. Den ganzen schönen Sommer lang, sah und hörte ich den Pirol.

Diese Sommer waren wirklich sehr schöne Sommer, immer sehr warm. Die Winter dagegen sehr kalt.

Es gab drei Seen in unserem Dorf. Der erste See war zugleich der größte und lag in dem alten Park uns direkt gegenüber. Der zweite See befand sich auch in unmittelbarer Nähe unseres Haus, nämlich auf halbem Weg zur Familie Heinrich. Der dritte See schließlich, es war der zweitgrößte, lag ziemlich am Ende des Dorfes. Hier waren immer viele Enten und Wasser Hühner. Ich liebte alle drei Seen, hatten sie doch für mich alle ihre genauen Funktionen. Der erste See im alten Park, teilweise überzogen mit grünem Entenflott, war für mich der interessanteste. Hier gab es sehr viele Frösche aller Arten. Am liebsten mochte ich den grünen Laubfrosch, die hässlichen und rauen Kröten mochte ich dagegen gar nicht. Hier liefen auch immer die Hühner von den anderen Bauern herum. Oft fand ich überall ihre Eier, die ich natürlich mit nachhause nahm. Einmal fand ich mitten auf dem Weg ein Windei. Das war ein

Hühnerei nur in Haut, ohne Schale. Ich hob es vorsichtig auf und zeigte es dann stolz meiner Mutter, die mir erklärte was das war.

Oft führte ich hier auch unsere beiden Kühe zur Tränke. Der See war sehr morastig und deshalb nicht ungefährlich. Unsere schwarze Kuh, die Alte, rutschte eines Tages aus und sackte immer weiter vorne im See ein. Um ihr zu helfen, versuchte ich sie an dem Strick, den sie umhatte, herauszuziehen. Sie fing erbärmlich an zu brüllen. Ihre Augen wurden riesengroß und quollen bald aus den Augenhöhlen hervor. Sie sackte immer weiter ein, ich bekam sie nicht mehr heraus. Inzwischen stand sie schon mit dem Bauch mitten im Wasser und sackte langsam immer weiter ein. Schnell lief ich nach h Hause und berichtete. Onkel Reinhold holte schnell den Schimmel aus dem Stall, legte ihm das Zuggeschirr an und kam mit Mutter runter zum See. Das Brüllen der Kuh, die Todesangst hatte, war weithin zu gehören. Als wir ankamen schaute nur noch ein kleines Stück vom Hals und der Kopf heraus. Der ganze Körper steckte im Schlamm. Schnell warfen wir ein kräftiges Seil über den Kopf der Kuh und befestigten es gut an den Hörnern. Hastig wurde das Seil am Zuggeschirr des Pferdes befestigt. Das Pferd zog das Seil auf Zug und gemeinsam redeten wir, Mutter und ich, beruhigend auf unsere alte Kuh ein. Dann gab unser Schimmel sein Bestes

und zog langsam, aber kraftvoll die
Kuh heraus. Als sie wieder festen
Boden unter den Füssen hatte,
flatterten ihr stark die Flanken. Wir
mussten eine Weile warten bis sie
genug Kraft hatte, den Heimweg
anzutreten. Es war eine dramatische
Aktion, die aber Gott sei Dank gut
ausging.

Auf einer Seite des alten Parks
standen sehr viele Buchen und jetzt um
diese Zeit gab es dort riesige Mengen
von Maikäfern. Schnell erfreute und
begeisterte ich mich für diese Käfer.
Es faszinierte mich, wie sie sich erst
aufpumpen mussten, bevor sie
losfliegen konnten. So waren sie für
mich berechenbar. Ich spielte viel mit
ihnen und ließ sie an Zwirnsfäden
kleine Wagen ziehen.
Manchmal nahm ich einige Dutzend mit
nachhause. Ich steckte sie in ein
Einmachglas und gab ihnen viele
Buchenblätter. Am nächsten Tag war ich
sehr erstaunt, sie hatten alles
aufgefressen.

Für Streiche aller Art war ich immer
aufgelegt. Eines Tages nahm ich
einige, ca. 20 Stück in einem kleinen
Karton, mit in die Schule. Sie waren
für die Unterrichtsstunde vorgesehen,
die mir am unsymphatischsten war, die
Russischstunde. Den Karton mit den
Maikäfern hatte ich unter der
Schulbank versteckt. Ich meldete mich
und fragte den Lehrer ob ich zur

Toilette gehen durfte. Natürlich
durfte ich. Vorher jedoch öffnete ich
den Karton und ich hatte genau richtig
kalkuliert: Während ich auf der
Toilette war, setzten die Maikäfer zum
Flug an und stifteten ein heilloses
Durcheinander. Als ich wieder in die
Klasse kam, war der Teufel los. Alles
schrie und jagte Maikäfer, die Mädchen
liefen sogar raus. Die Maikäfer
fliegen nämlich nicht lange. Nach
kurzer Zeit sind sie erschöpft und
landen wieder. So landeten sie
meistens in den Haaren der Mitschüler
oder des Lehrers. Die Pause begann
dann immer etwas früherer, genau wie
ich es wollte.
Eines Tages wurde im neuen Park eine
neue Schulbaracke aufgebaut. Meistens
fand der Unterricht jetzt hier statt.
Da der Sommer sehr schön und warm war,
standen die beiden Fenster im
Klassenzimmer immer weit offen. Ich
richtete es so ein, dass ich direkt am
Fenster saß. So konnte ich all die
wunderbaren Vogelstimmen sehr gut
hören und natürlich hörte ich auch den
Pirol. Mir war, als riefe der Vogel
komm - einfach komm. Als der Lehrer
etwas Langweiliges an der Tafel
erklärte, nahm ich die Chance war,
schwang ich mich aus dem Fenster und
ab ging es in die Freiheit. Zuerst
holte ich mir die Esskastanien vom
Baum, ich hatte Appetit darauf. Die
Bäume waren sehr hoch und ich kam so
einfach nicht dran an diese Früchte.
Ich nahm einen Stein und schleuderte

ihn so oft in den Baum, bis meine
Hosentaschen gefüllt waren. Dann ging
es weiter. Ich schlenderte zur
Schmiede rüber, wo ich dem Schmied
beim Beschlagen der Pferde zusah. Der
Schmied machte zuerst das alte,
abgelaufene Eisen herunter, dann
säuberte er den Huf des Pferdes und
beschnitt das Horn. Anschließend
fertigte er mit kräftigen, schnellen
Schlägen auf dem Amboss das Hufeisen
an.. Das Hufeisen wurde dann, noch
glühend, mit einer speziellen Zange
auf den Huf aufgebrannt. Auf einer
dicken Lederschürze hielt der Schmied
das Bein des Pferdes. Anschließend
nagelte er das Hufeisen mit 5 - 8
selbstgefertigten Nägeln fest. Wenn
das heiße Eisen auf den Huf gedrückt
wurde, qualmte es mächtig und roch
nach verbranntem Horn. Ich roch es
gerne. Dem Pferd tat diese ganze
Prozedur überhaupt nicht weh. Hatte
ich hier genug geschaut, zog ich
weiter. Beim Stellmacher nebenan war
es nicht so interessant, obwohl ich
mir hier auch schon das Entstehen
eines Wagenrades angesehen hatte. War
ein Wagenrad vom Stellmacher fertig
hergestellt worden, gab er es
anschließend dem Schmied, der dann
einen großen Eisenring anfertigt und
ihn auf das Rad montierte
Neben den sehr zahlreichen und schönen
Vögeln gab es hier auch sehr viele
Krähen, Elstern, Raben, Habichte,
Bussarde, Sperber, Kiebitze, Fasanen,
Rebhühner und auch Fledermäuse. In

meiner Klasse war ein Junge, der hieß Bodo. Er war immer sehr schmutzig und sah aus wie ein Schwein. Er kannte aber schon fast alle Vögel und die dazugehörigen Nester mit den Eiern. Von ihm habe ich viel gelernt. In die höchsten Bäume und Starkstrommasten stieg ich mit ihm und bald wusste ich, welches Ei zu welchem Vogel gehört. Es fiel mir ein, dass Bodo einmal gesagt hatte:"
Kräheneier kannst du essen, gebraten schmecken sie besonders gut." Und so machte ich mich auf und suchte Krähennester. Lange brachte ich nicht zu suchen, sie waren in Massen vorhanden. Ich stieg in die Bäume hoch und holte mir die Eier aus den Nestern. Als meine Taschen voll Eier waren, ging ich nach Hause. Genau 12 Kräheneier schlug ich in die große Pfanne und briet sie. Sie schmeckten mir köstlich. Der Tag ging langsam zu Ende, es war 17 Uhr, die Sonne schien aber noch recht warm. Das war dann die schönste Zeit, um in dem kleinsten See, direkt in unserer Nähe, baden zu gehen. Der See lag tief eingeschnitten mitten im Feld und war von Bäumen umwachsen. Unten am See war es heiß und windstill, kein Laut war zu hören. An den Seiten wuchs Schilf, bis zur Mitte war der See offen, dann war er mit Schlingpflanzen zugewachsen. Ich liebte diesen See sehr zum Baden und Genießen. Das Wasser war relativ flach, dann kam eine dicke Schlickschicht, bevor man den Grund

spürte. Langsam ging ich vorne hinein
bis zu den knien, dann blieb ich
stehen und schaute mit dem Gesicht in
die Sonne.. Ich genoss diese
Atmosphäre, die Wärme, die Stille.
Langsam, ganz langsam sackte ich dann
tiefer bis ich mit den Brustwarzen im
Wasser war, dann spürte ich festen
Grund unter den Füssen. So konnte ich
stundenlang stehen. Während ich im See
stand, spürte ich nur wohlig
Angenehmes, sonst nichts. Um so mehr
war ich dann erstaunt, als ich aus dem
Wasser kam, dass ich am ganzen Körper
von den Beinen bis zum Oberkörper und
auch an den Händen und Armen, überall
schwarze Regenwürmer hatte. Es waren
jedoch keine Regenwürmer, sondern
Blutegel. Noch während ich so staunend
dastand und mich reinigte, fielen die
Blutegel von alleine ab auf den Boden.
Ich spürte keinerlei Schmerzen. Sie
waren fast alle weg. Unter einem Fuß,
da waren noch zwei. Ich versuchte, sie
herauszuziehen. Es gelang mir aber
nicht. Die Blutegel waren fast in der
Fußsohle drin. Ich legte mich hin und
beobachtete diese Stellen und nach
einiger Zeit kamen dann auch diese
zwei, prall und dick mit meinem Blut
gefüllt, aus meiner Fußsohle heraus.
Aus den Stellen, an den die Blutegel
im Körper gewesen waren, kam nicht ein
Tropfen Blut heraus. An solchen Tagen
wie diesen, die ich schon mal ab und
zu im Sommer einlegte, versäumte ich
nicht, meiner Mutter einen dicken
Blumenstrauß mitzunehmen. Es gab in

dem Dorf zwar keinen Blumenladen, wohl aber die Gärtnerei und die hatte natürlich Blumen. Aber Geld hatte ich ja so gut wie keines. Ich stellte mir einen sehr schönen Strauss aus den Zweigen des Rhododendrenstrauches her. Den gab ich dann stolz meiner Mutter., Vom Schuleschwänzen erwähnte ich wohlweislich nichts. Sie würde es ohnehin noch früh genug erfahren. Dann gab es eine kräftige Ohrfeige von ihr und damit und mit dem Versprechen, es nicht wieder zu tun, war die Angelegenheit dann erledigt.

Onkel Reinhold, der ja aus Berlin zu uns nach Behrenhoff gekommen war, hatte inzwischen eine Freundin hier im Dorf. Seine Frau Erna, die ein Hüftleiden hatte und stark hinkte, hatte er zu Hause in Berlin gelassen. Seine Freundin hieß Sluka und hatte einen Sohn, der bei mir in der Klasse war.

Im 1. Stock unseres Hauses lag das Korn und dort war auch die Räucherkammer. In der Räucherkammer wurde mit Sägemehl und Buchenholz, das nur qualmen durfte, alles wunderbar geräuchert, von der Blutwurst bis zum besten Schinken. Einmal im Jahr haben wir ein schönes Schwein geschlachtet. Dann kam immer Tante Anni mit Kalli nach Behrenhoff. Beim Schlachten war ich natürlich dabei. Abends, wenn es dunkel war, wurde das gemacht. Das Schlachten besorgten Onkel Walter, mein Vater und Günter. Das Schwein bekam vorne links am Bein einen

Strick gelegt und hinten das gleiche,
vorne links und hinten rechts. Zwei
Mann hielten dann das Schwein fest,
welches in der Mitte des Stalls stand,
und ein dritter Mann, Onkel Walter,
stellte sich mit der Axt über das
Tier. Das Schwein musste nun ruhig
stehen und geradeaus schauen. Wenn
alles stimmte, holte Onkel Walter mit
der stumpfen Seite der Axt aus und
schlug sie dem Schwein zwischen die
Augen in die Stirn. Der Schlag traf
exakt, das Schwein fiel tödlich
getroffen um. Sogleich wurde ihm die
Gurgel durchgeschnitten - das Blut
schoss heraus in eine große Schüssel.
Meine Aufgabe war es nun, das Blut
ständig zu rühren, damit es nicht zu
Klumpen wurde. Gleichzeitig musste ich
mit dem Vorderfuss des Schweins
regelrecht pumpen bis kein Blut mehr
kam. Das Schwein wurde dann in dieser
ganzen Nacht noch verarbeitet. Tante
Anni war für die Wurst, das Würzen
verantwortlich. Jetzt war wieder eine
gute Zeit, denn es gab ordentlich
etwas aufs Brot.
In diesem Sommer kam auch mein zweiter
Cousin mit Tante Erni aus Magdeburg zu
uns. Für meine beiden Vettern aus der
Stadt war hier alles neu und ich
konnte ihnen alles zeigen. Besonderen
Spaß machte es mir, sie mit auf die
gemähten Stoppelfelder zu nehmen. Ich
lief immer barfuss und hatte
abgehärtete Fußsohlen. Sie trugen
Schuhe. Ich sagte zu ihnen: „ Zieht
die Schuhe aus, ist viel schöner. Wir

machen einen Wettlauf auf dem Feld."
Sie waren einverstanden und
begeistert. Auf ein Zeichen liefen wir
drei los, ich immer an der Spitze und
weit voraus.. Bereits nach ein paar
Metern schrieen sie beide: „Meine
Füße, meine Füße!" Sie hatten die
Fußsohlen voller Disteln und bluteten
ein wenig. Mir machte das nichts aus.
Ich lief so über die Felder, aller
Dings mit einer besonderen Technik,
die ich ihnen natürlich vorher nicht
verraten hatte. Während ich im Laufen
gegen die aufrechtstehenden Halme trat
und sie so niederdrückte und dann
gefahrlos drüberlief, traten die zwei
mit ihren verwöhnten Stadtfüßchen
natürlich direkt in die spitzen und
scharfen Halme und verletzten sich so.
In diesem Sommer machten wir drei viel
Unsinn. Auf unserem Hof befand sich in
einer Ecke ein niedriger, kleiner
Schuppen. Wir machten uns einen Spaß
daraus, in diesem Schuppen aus
trockenen Disteln und sonstigem
Unkraut ein schwelendes Feuer zu
entfachen. Wenn es dann so richtig
qualmte, waren wir natürlich nicht
mehr dort, sondern schon längst auf
dem staubigen Feldweg. Wir hatten
darauf geachtet, dass meine Mutter und
die Tanten uns beim Reingehen in den
Schuppen gesehen hatten. Als es nun
mächtig qualmte, glaubten sie, wir
wären da noch drin und riefen und
kamen schreiend mit Wassereimern
herbeigelaufen. Wir saßen aber
inzwischen auf dem Feldweg, wo wir den

trockenen Pulverstaub hoch in die Luft warfen, so dass eine richtige Nebelwand entstand, hinter der wir uns dann aus dem Staub machten und uns immer noch amüsierten, wie sie nach uns riefen. Abends war dann eine ordentliche Standpauke fällig.
Im Dorf waren zwei Plätze, an denen das Korn gedroschen wurde. Einer der Plätze lag direkt gegenüber von unserem Haus. Die Dreschmaschine wurde von einem Traktor hier aufgestellt. Wenn gedroschen werdenden sollte, kam ein anderer Traktor und stellte sich vor die Maschine. Seitlich hatte dieser Traktor ein Schwungrad, welches mit einem großen breiten Keilriemen mit der Mähmaschine verbunden wurde. Wenn ich beim Dreschen zuschaute, wurde mir immer gesagt, von den Keilriemen wegzubleiben, mich auch nicht zu dicht ranzustellen, der Riemen könnte mich schwer verletzen. Das beherzigte ich dann aber auch. Da nun jeden Tag gedroschen wurde, war bald ein riesiger Strohhaufen entstanden.. Die Hühner legten hier ihre Eier rein.
Unser Pferd war auf dem Feld und wir hatten das Pferd von Günther Heinrich. Mein Cousin Volker wollte gerne mal mit Pferd und Wagen fahren. Ich spannte Lotte vor den Leiterwagen und wir beide kletterten herauf. Ich nahm die Zügel in die Hand und wir trabten in leichtem Galopp vom Hof. Hinter mir stand Volker mit der Peitsche in der Hand. Ich lenkte das Pferd nach links

in den Feldweg und wollte mit Volker
aus Feld fahren. Doch plötzlich schlug
er wie ein Verrückter mit aller Kraft
mit der Peitsche auf das Pferd ein.
Lotte machte einen Riesensatz und
galoppierte wild davon. Ich hatte
keine Gewalt mehr über Pferd und
Wagen. Und ehe wir uns versahen, lagen
wir alle in diesem Strohhaufen.. wir
hatten großes Glück. Das Pferd lag auf
der Seite, der Wagen auch und wir im
Stroh.. Die Deichsel war zerbrochen,
doch sie hatte niemanden verletzt. Wie
leicht hätte sie dem Pferd in den
Bauch gehen können. Wir bekamen einen
Riesenschreck und waren froh, dass
nicht mehr passiert war. Wäre Lotte
gestorben, es wäre eine Katastrophe
gewesen, ich wagte nicht, daran zu
denken. Für Volker war es das letzte
mal, dass er auf dem Pferdewagen
mitgenommen wurde. Von seiner Mutter
bekam er eine ordentliche Tracht
Prügel.

Eines Tages zogen wir drei uns auf die
Insel mitten im See im alten Park
zurück, um unsere erste Zigarette zu
rauchen. Vom Land aus hatten wir einen
Reisigsteg bis auf die Insel gebaut.
So gelangten wir mühelos auf die Insel
und waren auch vor den Erwachsen
relativ sicher. Wir hatten uns eine
grüne Schachtel „Turf" und
Zitronenlikör gekauft. - nun pafften
wir genüsslich und schlurften den
Likör. Bald jedoch wurde es uns übel
und wir eilten nachhause.

Die Tage verflogen nur so. Mein Vater
hatte inzwischen für seine Tätigkeit
ein Motorrad zur Verfügung gestellt
bekommen. Es war eine „AWO". Es war
das einzige Motorrad im Dorf und ich
war mächtig stolz darauf. Ab und zu
nahm Vater mich mit. Das war sehr
schön.
Manchmal, wenn er mit dem Motorrad
nachhause kam und es sehr eilig hatte,
schmiss er die Maschine auf den Hof
und rannte ins Haus. Dann lief ich
schnell hin und schwang mich in den
Sattel, machte das Motorengeräusch
nach und drehte an den Handgriffen.
Dann waren wir wieder alleine, meine
Vettern waren wieder abgereist.
Manchmal fuhr ich mit meiner Mutter
nach Ahlbeck, meistens dann, wenn wir
geschlachtet hatten. Wir gingen 7 km
zum Bahnhof in Gross-Kiesow zu Fuß.
Dabei hatten wir immer schwer zu
schleppen: Wurst, Schinken, Eier.
Zugfahren machte mir großen Spaß.
Schon von weitem konnte ich sagen, ob
gerade ein Personenzug oder ein D-Zug
einläuft. Es waren alles
Dampflokomotiven. Die D-Zug Lok hatte
vorne am Kessel neben den Lampen
rechts und links zwei schmale
Eisenschilder, die Personenzuglok
hatte 2 große Schilder. Auf einer
dieser Fahrten hatten wir ziemlich
viele Eier dabei. Meine Mutter fiel
mit der Tasche hin und hatten
Rühreier. Aber so schnell schmiss man
nichts weg in dieser Zeit. Ich trank
die zerschlagenen Eier roh aus, was

ich auch vorher schon mal getan hatte.
Bis 17 kam ich, dann konnte ich kein
Ei mehr sehen. Seit diesem Ereignis
habe ich nie wieder ein rohes Ei zu
mir genommen.
Das Wetter wurde langsam schlechter,
ein untrügliches Zeichen für den
nahenden Herbst. Jetzt kam die schwere
Zeit der Zuckerrübenernte. Die
Zuckerrüben wurden einzeln mit einer
speziellen Gabel aus dem Boden
herausgeholt. Hierbei musste man
darauf achten, dass die Gabel nicht zu
tief, aber auch nicht zu wenige in die
Erde gesteckt wurde. War sie nicht
genug drin, brach meistens die Spitze
der Zuckerrübe ab. Die Rüben wurden
dann in einer langen bzw. mehreren
Reihen ausgelegt. In einem weiteren
Arbeitsgang schlug man dann mit einem
Hackmesser das Kraut, die Blätter ab.
Das war nicht ganz ungefährlich und
erforderte Können und Konzentration.
Die Rüben und die Blätter wurden auf
verschiedene Haufen geworfen. Die
Rüben wurden sofort auf die
Pferdefuhrwerke verladen und in die
Zuckerrübenfabrik nach Jarmen
gebracht. Bis dahin waren es ungefähr
15 km. Einmal bin ich mit meinem Vater
mitgefahren. Der Wagen war hoch
beladen. Lotte und unser Schimmel
hatten schwer zu ziehen. Wir saßen
oben drauf. In Jarmen war die
Hauptstrasse mit spitzen Steinen
gepflastert, hier wurde es schwierig.
Wenn es bergauf ging, mussten wir
absteigen und mitschieben. Wenn es

bergab ging, strengten sich die
Pferde sehr an, damit sie den Wagen
auch hielten – die Bremse war bis zum
äußersten angedreht, doch nur, indem
Vater den Wagen gegen die
Bordsteinkante steuerte, war das
Gefährt zu halten. Wir kamen
wohlbehalten an und auch wieder
nachhause.
Unsere Schweine hatten sich schon gut
rausgefuttert, einige wurden an den
Schlachthof nach Greifswald verkauft.
Draußen wurde es nun immer kälter.
Unsere beiden Schafe hatten jetzt
schon ein dickes Fell bekommen. Die
kleine Ziege, unser Rickchen, war auch
ein süßes Biest. Sie kam immer mit
ihrem kleinen Kopf angerannt und
wollte rumtollen. Ich hielt ihr meine
Hand hin, gegen die sie dann kräftig
drückte. Die Milch, die sie gab, war
besonders fett. Sie schmeckte etwas
streng, ich habe sie aber getrunken.
Bei uns in der Küche stand der große
Kessel, in dem die Kartoffeln für die
Schweine gekocht wurden. Daneben stand
eine Holzbank, die noch von meinem Opa
war. Auf dieser Bank stand die
Zentrifuge. Hier goss man von oben die
Milch in einen Behälter. Seitlich
waren drei Öffnungen, unter die
verschiedene Gefäße gestellt wurden.
Vorne war ein Schlängel, der kräftig
gedreht wurde. Die Milch kam dann als
Sahne, Voll- und Magermilch raus. Die
Magermilch bekamen die Schweine mit
ins Futter. Die Vollmilch t5ranklen
wir so oder butterten damit. Die Sahne

wurde auch oft so getrunken, jedenfalls von mir. Gebuttert habe ich oft. Das dauerte zwar lange, ich freute mich dann aber auch immer auf die frische Buttermilch mit den kleinen Butterklümpchen. Das Buttergefäß war eine normale Milchkanne mit einem doppelten Holzdeckel. Durch ein Loch in diesem Deckel ging ein Holzstiel, an dessen Ende sich auch wieder eine doppelte Holzscheibe befand. In dieser Holzscheibe waren dann zwei Löcher. Die Milch wurde in die Kanne gefüllt, ca. 20 l und der Stiel mit der Holzplatte wurde immer rauf und runter bewegt. Das ging so lange, bis sich endlich am Rand der Kanne die ersten Butterklümpchen zeigten. Dann vergingen nur noch wenige Minuten und die Butter war fertig. Die ganze Prozedur dauerte 1 ½ bis 2 Stunden. Bald meldete sich der Winter an und es fing an zu schneien. Manchmal schneite es auch schon recht früh. Vom Dreschen waren draußen zwei große Strohhaufen übrig geblieben, von dem die Bauern sich dann mit Stroh versorgten. Hier lag auch noch vom Dreschen her viel Korn herum und deshalb waren immer viele Vögel zu Gast. Hunderte von Rebhühnern flogen auf der Futtersuche hier herum. Und versammelten sich an den Strohschobern als idealem Fressplatz. Ich wusste, dass sie sehr schmackhaft sind und auf der Brust dickes Fleisch haben. So überlegte ich mir, wie ich diese Tiere wohl fangen

könnte. Und mir fiel auch etwas ein.
Ich bastelte ein Drahtgitter,
viereckig, ca. 1 qm groß, die
Außenwände ca. 20 cm hoch. Dazu nahm
ich eine Kordel und ein Stück Holz.
Damit ging ich auf den zweiten
Dreschplatz, der am ehemaligen
Lorenweg lag. In meine Hosentaschen
hatte ich neben allem möglichen Kram
vor allen Dingen Körner gesteckt. Als
ich ankam flogen natürlich alle
Rebhühner weg. Aber das machte nichts.
Ich stellte in aller Ruhe das Gestell
auf, stellte das Holzstück darunter
und streute die Körner unter das
Gestell. An das Holzstück hatte ich
ein langes Stück Bindfaden gebunden.
Ich nahm das Ende der Kordel und ging
hinter den Strohschober,, die Falle
hatte ich im Blickfeld. Es dauerte nur
Sekunden, dann waren die Rebhühner
wieder da und pickten wie wild meine
Körner auf. Schnell zog ich an dem
Holzstab und hatte ca. 30 Rebhühner in
der Falle. Bis hierher war alles ein
wirkliches Kinderspiel. Jetzt musste
ich jedoch die Rebhühner aus der Falle
rausbekommen. Sie zappelten ungestüm
in ihrem Gefängnis herum. Ich kniete
mich davor, langsam hob ich ein Ende
des Drahtgestells an, fasste ein
Rebhuhn und wieder zu. Dabei waren
dann wieder etliche in Freiheit. Ich
drehte dem Rebhuhn schnell den Hals um
und die ganze Prozedur ging von vorne
los. Am Schluss waren es 6 Rebhühner,
die ich mit nachhause nahm und meinen
staunenden Eltern präsentierte. Mutter

machte ein Festessen für uns alle
daraus.
Um diese Zeit waren auch unsere drei
Seen zugefroren. Der kleinste See war
jetzt uninteressant, nur die zwei
großen zählten. Der See bei uns im
alten Park war mächtig zugefroren, als
es dann eines Tages taute. Hier kam
mir dann, wie ich meinte, eine
grandiose Idee. Mit meinem Schlitten
ging ich zum See herunter und prüfte
das Eis. Dicker Schneematsch lag auf
der Eisdecke, das Eis knisterte und
bewegte sich,, fast hatte ich den
Eindruck, als liefen unter dem Eis
Wellen entlang.. Behutsam setzte ich
meinen Schlitten an den Rand in den
Schneematsch und begann rings um den
ganzen See eine Spur zu ziehen. Ich
hatte mir vorgestellt, wenn es dann
wieder friert, eine eigenen Spur für
meinen Schlitten zu haben. Es klappte
alles wie am Schnürchen. Nur meinen
Vetter Max, der bei uns zu Besuch war,
hatte ich bei meiner „Arbeit" nicht
bemerkt. Musste ich doch sehr genau
aufpassen, durfte die Kurven nicht zu
eng schneiden, damit die Spur am
nächsten Tag auch stimmte. Max hatte
mich gesucht und dann hier entdeckt.
Gott sei Dank war ich mit dem
Kurvenschneiden schon fertig. Er rief
mich in einem bestimmten Ton zu sich
und ich wusste sofort, das kann nichts
Gutes bedeuten. Aber Weglaufen, daran
dachte ich gar nicht. Eine Chance
hätte ich als 10-jähriger Knirps gegen
einen sportlichen, jungen Mann von 25

Jahren sowieso nicht gehabt. Und so
gab es dann mit dem obligatorischen,
breiten Lederriemen zuhause dann eine
ordentliche Tracht Prügel von ihm, was
von Mutter sehr begrüßt wurde. Es
folgten noch einige belehrende Worte,
wie gefährlich das doch gewesen war,
was ich tat. In meinen Ohren hatte ich
Durchzug. Was in das eine Ohr reinkam,
ging durch das andere sofort wieder
raus. Schon sehr früh hatte ich mir
angewöhnt, das Wesentliche von dem
Unwesentlichen zu trennen. In diesem
Fall registrierte ich sehr genau, es
war gefährlich gewesen. Aber eben nur
in diesem Fall. Am nächsten Tag hatte
ich dann meine Spur, meine Schienen.
Es war fantastisch,, der Schlitten
lief ganz von alleine in die Kurve und
wieder heraus. Stolz zeigte ich meinen
Klassenkameraden diese Erfindung,
zuhause wusste man es ja nicht zu
würdigen. Es hatte sehr gefroren und
das Fahren mit dem Schlitten in diesen
Schienen machte riesigen Spaß. Der
Frost hielt noch eine ganze Weile an.
Nach der Schule kam ich eines Tages an
den riesigen Jauchebecken vorbei, die
hinter den Kalischuppen lagen. Auch
hier war alles zugefroren. Man hatte
mich schon mal gewarnt, auch nicht bei
starkem Frost auf die Jauchebecken zu
gehen. Aber es reizte mich ungemein,
es selber auszuprobieren. Ich wagte
es. Flugs legte ich den Schulranzen
zur Seite und betrat die Eisdecke. Es
hörte sich gut an! Ich tat noch einen
Schritt und dann war es auch schon

passiert, was nach meiner Berechnung gar nicht passieren konnte - bis zur Brust stand ich in der stinkenden Jauche. Hastig befreite ich mich, griff meinen Ranzen und eilte nachhause. Im Haus war niemand, das war gut. Ich zog mich aus, wusch mich und zog mir andere Sachen an. Die alten stinkenden Sachen versteckte ich im Stall. Von diesem Ereignis bemerkte niemand etwas. Auf die mir hierfür mit Sicherheit zugedachte „Belobigung" konnte ich verzichten.

Der dritte See war auch stark zugefroren und für uns ein großer Winterspass. Hier liefen wir Schlittschuhe, zogen wir den Schlitten und fuhren waghalsig mit dem Fahrrad von dem Steilhang auf den See herunter. Oft kippten wir mit dem Fahrrad direkt auf der Eisfläche um und schlidderten dann den halben See entlang auf dem Hosenboden.

Onkel Reinhard konnte ich beobachten, wie er aus unserer Räucherkammer Wurst und Schinken herausnahm und anschließend zu seiner Freundin brachte. Das erzählte ich natürlich meinen Eltern. Auch Korn schleppte er fort. Von diesem Zeitpunkt an, konnte er mich nicht mehr so gut leiden. Er versuchte, mich zu schikanieren. In seiner Kammer, wo er schlief, stand neben seinem Bett auch eine kleine Kommode. Ich wusste natürlich über alles Bescheid, auch was er hier so alles aufbewahrte. Da lag sein

Taschenmesser, mit dem er mir im
Sommer eine schöne Trillerpfeife
anfertigte. Aus Haselnussholz
schnitzte er die Pfeife, zum Trillern
kam eine Erbse in die Pfeife. Von
meinen Klassenkameraden wurde ich
darum beneidet. Unter all den Sachen,
die hier lagen, entdeckte ich dann
eines Tages auch Kondome. Was das war,
wusste ich schon. Wahrscheinlich hatte
er mich an diesem Tag wieder mal
geärgert und so beschloss ich,
fürchterliche Rache zu nehmen. Aus
Mutters Nähkiste holte ich eine Nadel
und pickte unzählige kleine Löcher in
diese Dinger. Dann legte ich sie
wieder zurück in die Schublade und
wartete auf die Dinge, die da kommen
mussten. Prompt am nächsten Tag gab es
ein Mordsspektakel. Ich war auf dem
Hof und hörte meinen Onkel nach mir
brüllen. Wutschnaubend kam er um die
Ecke, in der Hand eine Mistgabel,
erblickte mich und schleuderte die
Mistgabel wie einen Speer nach mir. Um
ein Haar hätte mich diese Gabel
getroffen, 10 cm neben mir schlug sie
in den Boden. Der Stiel der Gabel ging
wie ein Pendel hin und her,, so eine
Wucht war dahinter. Ich hatte
Todesangst. Abends als meine Eltern
wieder zuhause waren, gab es einen
großen Krach. Eine weitere
Verschlechterung unseres Verhältnisses
trat ein. Von nun an, blieb er oft von
zuhause weg. Er aß und schlief bei
seiner Freundin und machte uns im Dorf
schlecht. Während er tagsüber auf dem

Hof oder Feld arbeitete, behauptete er abends im Dorf, meine Mutter ließe die Wirtschaft verkommen, er müsse alles alleine machen.

Mein Vater hatte inzwischen eine neue Tätigkeit in Vogelsang übernommen, einem Dorf gut 100 km von uns entfernt. Dort leitete er eine Ziegelei und war in unregelmäßigen Abständen zuhause.

Einmal in der Woche kam der Bus in unser Dorf und fuhr nach Greifswald. Dann nahm mich meine Mutter meistens mit zum Einkaufen. Greifswald war eine schöne alte Stadt und gefiel mir sehr gut. Hier waren viele schöne Geschäfte. Am Markt war ein großes Kaufhaus, im zweiten Stock befand sich ein kleines Stehcafé und es gab wunderbaren Kuchen. In eine Geschäftsstrasse, die vom Markt abging, gab es noch ein altes privates Café von früher. Es gehörte einer resoluten Frau. Auch hier kehrten wir einmal ein. Ich trug eine blaue Mütze mit einer Kappe vorne und Ohrklappen an den Seiten. Mir war kalt. Mutter sagte: „Jörg, nimm die Mütze ab!" Ich aber wollte nicht. Plötzlich stürmte diese resolute Frau herbei, riss mir die Mütze vom Kopf und sagte: „In meinem Café nimmt man immer noch die Mütze ab!" Mir schoss das Blut in den Kopf. Ich weiß nicht wer röter war, Mutter oder ich. Fluchtartig und wütend verließen wir das Café und sind nie wieder dort eingekehrt.

Wieder begann ein neues Jahr und in unserem Stall stellte sich Nachwuchs ein. Ca. 30 kleine Schweinchen wurden geboren und unsere junge Kuh, die Weiße, bekam ein Kälbchen, einen Bullen. Die Geburt der kleinen Schweinchen ging problemlos vor sich, alles ging wunderbar von alleine. Das Kalben der Kuh war dann schon etwas schwieriger. Gespannt verfolgte ich die Geburt. Die Kuh lag auf der Seite, es war abends um 11 Uhr, und schrie kläglich. Ihre Fruchtblase war gerade geplatzt. Das ganze saubere Stroh war nun nass und etwas voll Blut. Dann kam auch schon ein Füßchen des kleinen Kalbes heraus. Vater, Mutter und ich waren im Stall und wir mussten noch Onkel Walter und Günter zu Hilfe rufen, es wurde Schwierig. Die Vorderfüsse kamen immer weiter heraus, dann sollte der Kopf kommen, doch es ging nicht, der Kopf kam nicht. Onkel Walter holte einen kleinen Strick, er langte in die Kuh rein und legte dem kleinen Kalb den Strick um den Kopf – dann zogen alle kräftig, aber behutsam. Langsam, ganz langsam zeigte sich der Kopf des Kalbes.. Die Kuh schrie immer mehr und die Männer zogen langsam weiter bis das ganze Kalb draußen war. Dann wurde die Nachgeburt herausgeholt, das Kalb abgenabelt, es blökte inzwischen, und von Schleim und Blut mit Heu gereinigt. Anschließend brachten die Männer es zu der Kuh-Mutter, die es dann gleich liebevoll abschleckte.

Um dieses Kälbchen kümmerte ich mich
jeden Tag am liebsten Es wuchs heran
und wurde kräftig. Ich streichelte es
viel und ließ es an meiner Hand
nuckeln.
Neben dem Pferd und unserem kleinen
Bello hatte ich jetzt noch ein
weiteres Tier, das ich in mein Herz
schloss. Der kleinen Bulle war ganz
kräftig und zahm geworden und so
konnte ich es wagen, mich auf ihn zu
setzen. Um seinen Hals hatte ich einen
Strick gebunden, an dem ich mich
festhielt und ab ging die Post. Jeden
Tag bin ich auf ihm geritten.
Die kleinen Schweine wuchsen auch
schnell heran. Draußen auf dem Hof war
eine Schweinehütte gebaut worden, der
Platz reichte einfach nicht mehr. Ein
Schwein war winzig klein und wir zogen
es mit der Flasche heran. Es gedieh
prächtig, war aber trotzdem nur halb
so groß wie die anderen Schweine.
Eines Morgens lag es tot im Stall. Es
hatte sich, wärmesuchend, aus dem
Schweinestall herausgewagt und sich zu
dem Pferd gelegt. Das Pferd hatte es –
ohne zu wollen –totgetreten. Ich war
sehr traurig.
Wieder wurde draußen bei uns das Korn
gedroschen. Als ich mir die
Dreschmaschine mal genau ansah,
entdeckte ich, dass sie verschiedene
Kästen hatte. Weil ich wissen wollte,
wie es innen aussieht, krabbelt ich
hinein. Das ging gut. Doch dann, oh
weh, es ging nicht mehr weiter, weder
vorwärts noch rückwärts. Meine große

Angst war, das jetzt der Traktor käme
und die Maschine in Gang setzt, dann
wäre ich tot. Ich glaubte, ich schaffe
es nicht mehr, von alleine da wieder
heraus zu kommen. Dann endlich bewegte
sich etwas, ich hatte es geschafft.
Langsam kroch ich wieder ans
Tageslicht. Von da an bin ich den
Maschinen immer mit einem gewissen
Respekt begegnet und wollte sie auch
nicht mehr untersuchen.
Eines Tages bekamen wir dann zwei
junge Männer zu uns auf den Hof. Es
hieß, sie kämen aus dem Gefängnis und
müssten nun bei den Bauern
mitarbeiten. Einen der beiden mochte
ich gut leiden. Er zeigte und erklärte
mir vieles. Sie lebten mit bei uns im
Haus und arbeiteten überall mit. Sogar
ich konnte sagen: Mach mal dies oder
das!", und sie taten es. Das war gut
für mich.
Eines Abends, als ich genau wusste,
dass meine Eltern nicht zuhause waren,
und ich mit den beiden Männern alleine
war, erzählten sie mir alles mögliche
und ich ihnen natürlich auch. Und
prompt hatte ich dann wieder mal eine
tolle Idee. Ich verriet ihnen, dass
wir sogar Gewehre im Haus hätten und
fragte, ob sie diese mal sehen
wollten. Natürlich wollten sie. Ich
holte den Schlüssel, der versteckt
war, um den Schrank zu öffnen und nahm
die beiden Gewehre heraus. Stolz
zeigte ich sie und nahm dann selbst
eines in die Hand und drückte den
Abzugshahn ab. Die beiden saßen im

Zimmer auf der Couch. Im gleichem Moment löste sich ein Schuss aus der Waffe und traf einen der beiden Männer, den, den ich am liebsten mochte, in die Wange. Ich bekam einen Riesenschreck, das hatte ich natürlich nicht gewollt und ich fing an zu weinen. Der Mann hatte sich natürlich auch sehr erschrocken, sagte aber keinen Ton. Er griff sich nur in den Mund und hatte das Diabologeschoß auch schon in der Hand.. Es war ein glatter Durchschuss gewesen. Es blutete und er nahm ein Taschentuch und hielt es sich an die Wange. Ich hatte panische Angst, dass er mich verraten würde. Aber er nahm mir diese Angst. Er meinte nur: Ist noch einmal gut gegangen. Ich sage niemanden etwas davon, Deinen Eltern schon gar nicht." Das teilte er auch dem anderen mit. Beide versicherten mir, dass ich keine Angst zu haben bräuchte. Am nächsten Tag ließ er sich in der Rot-Kreuz-Station behandeln. Dort gab er an, dass die Verletzung beim Holzhacken entstanden sei. Die beiden haben mich wirklich nicht verraten, meine Eltern haben es nie erfahren. Dafür war ich ihnen sehr dankbar. Ich sorgte von nun an dafür, dass sie immer besonders gutes Essen bekamen. Hatten sie sonst manchmal ein kärgliches Abendbrot, so gab ich ihnen dann von dem guten Schinken, der feinen Leberwurst, den Salzgurken, die eingelegt in einem großen Steinkrug unter der Treppe standen. Außerdem bekamen sie von mir

die gute Buttermilch, die sie sonst
nicht bekamen. Sie nahmen es dankbar
an, haben mich jedoch nie ausgenutzt.
Wir wurden gute Freunde.
Über dem Stall befand sich der
Heuboden. Hier lagerte das Heu, da wir
zum Füttern brauchten. Im Dorf Büsdorf
- ca. 2 km entfernt - gab es die
Feuchtwiesen,, auf denen die Störche
immer zu Gast waren. Das hohe Gras
wurde mit der Sense gemäht und
liegengelassen und von der Sonne
getrocknet. Am nächsten Tag fuhr ich
mit dem Pferd und dem Heuwender auf
die Wiese. Ich saß oben auf dem
Stahlsitz, der schön kalt war. Nachdem
ich das Gras, das langsam zu Heu
wurde, gewendet hatte, ging es wieder
nachhause,, vorbei an den Koppeln, wo
die Kühe alle standen.   Am
darauffolgenden Tag fuhr ich wieder
auf die Heuwiese, dies Mal mit einem
anderen Gerät, einer großen Harke. Mit
dem Pferd und dieser Harke, ich saß
wieder oben auf dem Stahlsitz, zog ich
langsam über die Wiese. Nach einigen
Metern war die Harke voll Heu. Ich
hielt an, zog einen großen, langen
Hebel und es blieb eine große Wurst
liegen. So ging es immer bis alles
fertig war. Wieder einen Tag später
wurde dann dieses Heu in einem großen
Leiterwagen eingefahren. Ein oder zwei
Erwachsene waren immer dabei. Der eine
ging und pickte das Heu nacheinander
auf die Gabel und reichte es dem
anderen auf den Heuwagen hoch. Ich
durfte den Wagen lenken.

Der Wagen wurde ganz hoch bepackt,
mindestens 3 m hoch. Auf dem Heimweg
schaukelte die ganze Fuhre natürlich
manchmal sehr. Ich hatte dann Angst,
dass ich herunterfallen könnte. Das
Heu roch sehr würzig und ich liebte
diesen Duft.
Einmal legte ich mich oben auf den
Heuspeicher zum Schlafen. Dabei bin
ich dann so fest eingeschlafen, dass
man mich schon vermisste und nach mir
suchte. Es war abends 10 Uhr geworden,
ich schlief fest und hörte nichts.
Jemand kam dann auf die Idee, auch auf
dem Heuboden nach mir zu suchen. Zu
sehen war nichts, nur Heu. Und so nahm
man eine Mistgabel und stocherte
behutsam damit in dem Heu herum
Endlich wurde ich gefunden und alle
waren froh, dass ich wieder da war.
In dem großen Zimmer, in dem eine
Schlafstelle für Onkel Reinhold
abgeteilt war, gab es neben dem Bett
eine Luke im Boden. Auf der Luke stand
eine große Stehlampe und darunter war
unser Kartoffelkeller. Mein Vater
schlief hier eines Tages seinen Rausch
aus. Und ich beschloss, ihn zu ärgern.
Durch das Fenster schaute ich von
draußen rein und beobachtete meinen
Vater. Noch schnarchte er. Endlich
öffnete er die Augen. Das war wie ein
Signal für mich...
Unter dem Fenster befand sich die
Einfüllluke. Ich kletterte schnell
durch und saß im Keller auf den
Kartoffeln. Ich kniete mich hin und
hob die Luke langsam an, so dass die

daraufstehende Lampe anfing zu tanzen.
Dann schaukelte die Lampe wie wild hin
und her und meinem Vater wurde es bald
zu bunt. Ich hörte ihn wütend aus dem
Bett springen. Er riss die Luke auf
und brüllte meinen Namen. Ich war
inzwischen jedoch längst wieder
draußen, lachte mich halbtot und
konnte meinen Vater da toben sehen. Er
stand breitbeinig über der Luke, hatte
ein Nachthemd an, aber keine Unterhose
und schrie unentwegt: "Jörg, komm
sofort rauf!" Nachdem ich mich
königlich amüsiert hatte, suchte ich
schnell das Weite. Dieser Spaß hatte
für mich keine späteren Nachwirkungen.
Ich war verrückt nach Süßigkeiten. In
diesem Jahr eröffnete im letzten Haus
im Dorf, in der Nähe des dritten Sees,
ein kleiner Bonbonladen. Ich wurde der
beste Kunde. Immer wenn ich alleine
war, suchte ich nach der Geldbörse
meiner Mutter. Hatte ich sie gefunden,
nahm ich mir 10 Mark heraus und trug
sie in den Bonbonladen. Es gab so
viele köstliche Bonbons, die mir alle
schmeckten. Manchmal abends saß meine
Mutter da und weinte bitterlich. Ich
wusste nicht, warum sie weinte, sie
sagte es mir nicht. Oft nahm ich ihr
das letzte Geld heraus, um mir Bonbons
zu kaufen. - dann war kein Pfennig
mehr da, um Brot zu kaufen.
Auf der Koppel zwischen Behrenhoff und
Buisdorf gab es mitten drin, wo hohe
Pappeln wuchsen, eine alte Steinmauer.
Eines Tages kam ich nahe an diese
Steinmauer heran und wurde mächtig

angefaucht. Eine große Wildkatze saß
dort. Schnell lief ich davon - mitten
durch die Kuhfladen. Wenn die
Kuhfladen schon trocken waren, ging es
ja, aber die ganz frischen, das war
mir doch unangenehm. Die waren dann
noch ganz warm und quollen zwischen
den Zehen hindurch. Igitt!! Meine Füße
waren durch das Barfuß laufen im
Sommer ganz schön abgehärtet. Doch auf
den Feld- und Wiesenwegen lagen viele
Steine. Hieran stieß ich mich sehr
oft. Dann hatte ich manchmal bei
Kuppen von den großen Zehen abgestoßen
und es blutet sehr stark. Aber es
heilte auch sehr schnell wieder.
Wenn es kälter wurde trug ich Stiefel.
Das waren Igelitt-Stiefel, die hießen
so. Im Sommer stanken sie wie die Pest
und im Winter waren sie hart wie ein
Brett. In den Stiefeln trug ich über
meinen Socken, die Mutter mir
gestrickt hatte, immer noch Lappen.
Bei Schnee und Frost machten sich die
Frostbeulen an meinen Füßen bemerkbar.
Im letzten Zimmer, wo wie drei, Vater,
Mutter und ich schliefen, war es durch
den Kachelofen sehr schön warm. In der
Bratröhre lagen immer die Bratäpfel,
die ich zu gerne aß. Auf dem Hof stand
ein Apfelbaum, der trug 4 Sorten
Äpfel.
Geheizt wurde nur mit Holz, das Holz
musste geschlagen und aus dem Wald
geholt werden. Das war immer eine
große Aktion. Mit dem Wagen und beiden
Pferden fuhr Vater nach Busdorf in den
Wald. Kalli war wieder zu Besuch und

wir beide durfte mitfahren. Es war
bitterkalt und alles verschneit als
wir in den Wald fuhren. In den Wegen
waren tiefe Furchen, aber wir fuhren
immer weiter bis wir an die Stelle
kamen, wo wir Holz schlagen durften.
Einige Stämme lagen schon da, andere
musste Vater noch schlagen, wir halfen
mit. Den ganzen Tag ging das so.
Endlich wurde das Holz aufgeladen und
es ging heimwärts. Stockdunkel war es
inzwischen geworden. Kalli und ich
froren und fingen an zu heulen.
Auf dem Rückweg wurde es dann noch
dramatisch. Der Wagen sackte ein, die
Pferde standen bis zum Bauch im Morast
und quälten sich, dort wieder
herauszukommen. Sie schafften es
nicht. Erst beim zweiten oder dritten
Versuch, Vater hatte inzwischen einige
Stämme wieder abgeladen, zogen die
Pferde durch und es ging wieder nach
Hause. Wir heulten wie die
Schlosshunde und waren halb erfroren.
Vater schimpfte uns natürlich auch
noch aus. Nie wieder sind wir
mitgefahren, Holz zu holen.
Kurz vor unserem Haus, auf der rechten
Seite wenn man vom Dorf kam, baute
eines Tages ein Mann namens Hermann
Bück ein Haus. Auch er war in der
Landwirtschaft beschäftigt. Sein
bester Freund war der Alkohol. Er
trank bis zum Umfallen und war bei uns
Kindern nicht gut gelitten. Nie hatte
er ein gutes Wort für uns übrig und so
spielten wir ihm dann auch oft böse
Streiche. Sein Haus war eigentlich

noch nicht ganz fertig. Im ganzen Haus
war unten noch kein Fußboden. Wir
konnten uns unter der Haustüre
durchbuddeln, um ins Haus zu gelangen.
Hier warfen wir dann sämtliche Eier,
die wir fanden, an die Wände, streuten
überall Zucker und Mehl aus, sogar ins
Bett streuten wir Zucker. Wenn Hermann
Bück dann wieder einmal betrunken
nachhause kam, merkte er zunächst
nichts davon. Aber dann, einen Tag
später tobte er und gebärdete sich wie
wild. Das bedeutete für uns höchste
Alarmstufe. Jetzt durften wir ihm
nicht in die Hände fallen. Wir sind
auch nie von ihm erwischt worden.
In diesem Jahr zu Sylvester schrieb
ich mit weißer Kreide „Prosit Neujahr"
auf unseren Kleiderschrank. Ich fand
das toll, meine Eltern aber nicht.
Am 1. Mai war wieder mal ein sehr
schöner Tag mit allerlei bunter
Unterhaltung und Spaß für groß und
klein. Das Wetter war auch wieder sehr
schön geworden.
Es war Sonntag, der 4. Mai 1952 als
morgens um 11.00 Uhr ein Krankenwagen
vorfuhr. Ich war sehr erstaunt, als
meine Mutter dann zur Haustür
herauskam und mir mitteilte, sie müsse
ins Krankenhaus. Sie würde ein Baby
bekommen, sagte sie dann noch, und ich
solle sie doch besuchen kommen im
Krankenhaus in Gützkow. Weder Vater
noch Mutter hatten mir je etwas von
einem Baby erzählt. Der Krankenwagen
fuhr mit Mutter davon. Ich blieb sehr
erstaunt und auch traurig zurück.

Zugleich wurde ich aber auch wütend,
dass mir niemand etwas erzählt hatte.
So beschloss ich, meine Mutter erst
nach Tagen zu besuchen.
Bei der Mutter von Günter Heinrich war
ich sehr gerne. Sie war eine alte,
asthmakranke Frau, aber herzensgut.
Sie hatte eine kleine Stupsnase und
schaute mich gütig mit ihren ruhigen
Augen an. Bei ihr habe ich mich sehr
oft satt gegessen,, sie gab mir alles,
was sie hatte.
Erst nach 4 Tagen habe ich Mutter
besucht und meinen kleinen Bruder
gesehen, über den ich mich doch sehr
freute. Kurze Zeit später war Mutter
mit meinem kleinen Brüderchen Rüdiger
wieder aus dem Krankenhaus zurück. Dem
kleinen Bruder ging es aber
gesundheitlich plötzlich nicht gut.
Meine besorgten Eltern brachten ihn in
die Universitätsklinik nach
Greifswald. Sein Leben hing an einem
seidenen Faden. In Gützkow hatte ihn
eine Schwester, die ein Furunkel in
der Nasse hatte, damit angesteckt.
Muter hörte durch Zufall im
Krankenhaus in Greifswald wie die
Ärzte sich unterhielten und die
Meinung äußerten, dass die Eltern wohl
geschlechtskrank sein müssten. Dieses
veranlasste meine Eltern, besonders
meine Mutter zu einem heftigen
Protest. Die Ärzte rückten dann
schnell von ihrer These ab und
versprachen, alles menschenmögliche
für das Kind zu tun. Mein Bruder wurde
wieder gesund und kam nachhause.

Inzwischen hatten meine Eltern einen
schönen Kinderwagen gekauft, der mir
sehr gut gefiel. Für mich war dieser
Kinderwagen bald mein Rennauto. Mein
Bruder jauchzte vor Freude, wenn ich
mit ihm durch die Gegend raste. Ich
ging von unten durch die Gabel des
Kinderwagens und stützte meine Hände
rechts und links auf die Außenwände.
So hatte ich den Wagen fest im Griff
und preschte mit ihm los. Nicht selten
kamen besorgte Nachbarfrauen und
berichteten meiner Mutter, wie ich auf
zwei Rädern mit meinem Bruder durch
die Gegend sauste. Ich habe immer auf
meinen kleinen Bruder aufgepasst und
es ist ihm auch nichts passiert.
Bei uns oben im Haus waren noch zwei
Zimmer frei, die sollten bald
vermietet werden. Der Fußboden war
noch ganz neu, die Holzdielen noch
frisch. Eine Diele stand etwas hoch.
Ich spielte mit meinem kleinen Bruder
hier oben. Er stand noch etwas
wackelig auf den Beinen. Einen kurzen
Augenblick passte ich nicht auf und er
fiel mit dem Gesicht auf diese
hochstehende Diele. Schnell hob ich
ihn hoch, hatte ich doch mächtige
Angst, dass ihm etwas passiert sein
könnte. Erleichtert stellte ich fest,
dass er nur eine Schramme an der
rechten Schläfe hatte. Das heilte dann
auch sehr schnell wieder. Die Narbe
blieb bis heute.
In die beiden Zimmer oben zog dann
eine Familie Rasper aus Greifswald
ein. Der Vater war Volkspolizist, die

Mutter Tschechin und Hausfrau und zwei
Töchter. Christel, die ältere war
dunkelhaarig und Helga, die jüngere
war blond. Mit Helga verstand ich mich
gleich gut, zeigte ihr, wie man reitet
usw. Die Christel mochte ich nicht und
ärgerte sie dann auch oft. Frau Rasper
war auch eine herzensgute Frau, die
ich sehr mochte. Unsere Tiere auf dem
Hof gefielen den beiden Mädchen. Sie
interessierten sich für alles und
kamen auch mal mit aufs Feld.
Die Schweine, die in drei Boxen im
Stall und einer Hütte auf dem Hof
untergebracht waren, bekamen eines
Tages eine böse Krankheit, nämlich
Rotlauf. Die Tiere liefen sehr schnell
rot an, hatten Schmerzen. Der Tierarzt
konnte nicht helfen und vier Schweine
starben daran. Solche Tiere sind nicht
mehr für den menschlichen Verzehr
geeignet und kommen dann in eine
Abdeckerei. Das ist ein Betrieb, in
dem die toten Tiere zu Seife
verarbeitet werden. Ein Lastwagen kam
und holte sie ab. Hinten war die
Ladeluke herabgelassen. Ich warf einen
Blick darauf und sah tote Pferde,
Kühe, Schafe, Schweine und andere
Tiere. Mit einem langen Eisenhaken,
der vorne einen scharfen Zinken hatte,
wurden die Schweine hochgezogen. Die
Männer schlugen diesen Eisenhaken
einfach in den Körper des toten
Schweins. Mich schauderte ein wenig,
die Schweine waren tot – aber
trotzdem.

Das war ein schwerer Schlag für uns
mit den Schweinen. Aber dann wurde
auch noch unser Schimmel sehr krank.
Er hatte sich eines nachts in seinem
Stall losgerissen, hatte mit seinem
Kopf die Luke einer Futtertruhe
hochgeklappt, und anschließend große
Mengen Schrot gefressen. Das kann
tödlich für ein Pferd sein. Es war
dann auch ein Kampf auf Leben und
Tod.. Morgens lag der Schimmel wie tot
da. Mutter holte schnell den Tierarzt,
der auch sofort kam. Er machte bei dem
Pferd einen Aderlass, 7 l Blut wurden
ihm abgenommen. Der Arzt meinte, da er
jung ist, wird er es schaffen. Mit
viel Liebe und Mühe brachte Mutter den
Schimmel durch. Er wurde wieder ganz
gesund und kräftig.. Ca. 3 Wochen war
er krank, dann war er wieder ganz der
Alte. Die Leute im Dorf hielten es
nicht für möglich, um so mehr fanden
sie später anerkennende Worte für
meine Mutter.
Mein Bruder wuchs heran und wir hatten
alle unsere Freude an ihm.
Im Dorf wurde Polterabend gefeiert.
Für uns Kinder war das ein besonderes
Ereignis. Es gab reichlich Kuchen und
Getränke.
Gegen Abend ging ich auch hin, um mir
ein Stück Kuchen und Süßigkeiten
abzuholen. Es lagen schon jede Menge
Scherben auf den 3 Steintreppen vor
dem Haus, an dem gepoltert wurde. Die
Stufen waren voll mit Scherben und
Glas aller Art. In dem Moment, als ich
die Hand nach dem Kuchen ausstreckte,

bekam ich von hinten einen Stoß in den
Rücken. Ich spürte deutlich, dass mich
zwei Hände schubsten. Unsanft ging ich
in die Knie, mit allen vieren in die
Scherben. Ich blutete an den Händen,
besonders aber am linken Knie, da ich
nur kurze Hosen anhatte. In dem Knie
steckte ein dicker Glassplitter. Alle
waren erschrocken und halfen mir auf.
Ich wurde zu der Krankenschwester im
Dorf gebracht, die mir dann Verbände
anlegte. Ich habe nie erfahren, wer
mich da mutwillig in die Scherben
gestoßen hatte. Mein Knie wurde dick
und schmerzte. Ich bildete mir ein, es
sei steif und humpelte. Meine liebe
Tante Anni, die uns gerade besuchte,
machte täglich Übungen mit mir. Es
wurde dann auch langsam besser.
Mein Vater war in dem Ziegeleibetrieb
in Vogelsang sehr beschäftigt und
hatte nur noch wenig Zeit für die
Landwirtschaft. Einmal besuchten wir
ihn dort. Es wurde gerade in dem
Betrieb dort etwas gefeiert. Alle
waren im ersten Stock der Ziegelei
versammelt. Sie aßen und tranken viel
Bier. Für mich war das gut, ich konnte
alles haben. Spät abends gab es
plötzlich eine heftige Schlägerei. Es
wurde nach allen Seiten ausgeteilt und
ich verkroch mich unter einem Tisch,
wo ich alles unbeschadet überstand.
Eines Abends bemerkten wir in
Behrenhoff, dass wir beobachtet
wurden. Irgend Jemand belauschte
unsere Gespräche am Fenster. Als wir
nachschauten, liefen sie weg. Zwei

Leute waren es, nur, wer es war, wussten wir nicht. Ich hatte es im Gefühl, die Zeit in Behrenhoff ging langsam zuende.
In den Wäldern ringsum gab es viele Wildschweine. Eines Tages, ich war hinten im Dorf in den Lagerschuppen, wo mit einer alten Maschine Stroh gehäckselt wurde. Es gab im Dorf einen LKW, der hatte auf der Ladefläche einen regelrechten Ofen stehen.. In den Ofen kamen Holzspäne, daraus entwickelten sich Gase und damit fuhr dann der LKW. Oft fuhr er aber auch nicht, dann wurde geflucht und repariert. Mit diesem LKW kamen jetzt zwei Männer, die ein groß0es Wildschwein abluden. Das Schwein war tot und wurde hier gleich zerlegt. Das Fleisch wurde dann an einige Leute im Dorf verteilt. Ich musste versprechen, es niemanden zu erzählen und ich behielt es auch für mich.

Die Schule machte mir inzwischen in manchen Fächern Spaß. Einmal, in einer Deutschstunde, ich saß ganz vorne in der ersten Reihe, meldete ich mich als der Lehrer etwas frage. Zu Unrecht bekam ich von dem Lehrer eine deftige Ohrfeige, weil ich mich seiner Meinung nach nicht gemeldet hätte. Mit allen fünf Fingern abgemalt auf meiner Wange verließ ich umgehend den Unterrichtsraum, eilte zu meiner Mutter aufs Feld und berichtet ihr von dem Vorfall. Mutter kam schnurstracks mit und suchte diesen Lehrer auf. Zu

diesem Zeitpunkt durfte in den Schulen
der DDR schon nicht mehr geschlagen
werden. Mutter machte ein mächtiges
Spektakel und drohte dem Lehrer mit
dem Ministerium in Berlin. Das wirkte
Wunder. Tausendmal entschuldigte sich
der Lehrer und ich genoss danach große
Achtung bei ihm.

Die Frau des Lehrers kam zu uns und
bot allerlei Hilfe an, vom Stricken
bis zur Hilfe im Haushalt. Meine
Mutter lehnte ab, sie wollte nur
Gerechtigkeit.

Im Sportunterricht ging es immer
lustig zu. Wenn es mir Spaß machte,
dann machte ich auch alles mit. Hatte
ich keine Lust, z.b. Laufen um den
Sportplatz, dann lief ich kurz an und
warf mich anschließend zu Boden. Meine
Mitschüler fielen dann reihenweise
über mich und es entstand ein totales
Durcheinander. Ich erhielt dafür eine
schlechte Note, aber die Sportstunde
war dadurch früher zu Ende. Mein
Klassenlehrer, den ich sehr mochte und
bei dem ich auch immer fleißig
mitarbeitete, schrieb mir einmal ins
Zeugnis: " Jörg könnte bei seiner
Intelligenz weitaus bessere Noten
haben." War das Zeugnis mal besonders
schlecht ausgefallen, dann dauerte es
sehr lange, bis ich zuhause eintraf.
Ich wollte nur den Zeitpunkt der
Tracht Prügel hinausschieben,
verhindern konnte ich sie nicht.

Am 5.März 1953 wurde uns morgens um
9.00 Uhr vom Lehrer mitgeteilt:"
Kinder, Josef Wissaranowitsch Stalin
ist tot! Ihr habt nun schulfrei." Ein
freudiger Aufschrei, sofort sprangen
wir auf und verließen den Klassenraum.
Es war wunderbar – kein
Russischunterricht!

Juli 1953 - 1956 Seebad Ahlbeck

Zuhause wurden nun schon die Vorbereitungen für einen Wegzug getroffen. Der kleine Ochse, auf dem ich immer geritten bin, wurde verkauft. Die Schafe und die Ziege und ebenfalls die Kühe auch. Unser Pferd wurde in ein Nachbardorf verkauft. Unser Hund Bello konnte es gar nicht begreifen und lief dem Pferd immer nach. Meine Eltern bereiteten alles für die Abreise vor. Die Landwirtschaft übernahm Onkel Reinhold. Ich war sehr traurig geworden, musste ich doch Abschied von meinem kleinen Paradies nehmen. Im Juli 1953 siedelten wir wieder nach Seebad Ahlbeck über. Auf Tante Anni, Kalli und Mäxchen freute ich mich natürlich, war aber doch sehr traurig über den Wegzug aus Behrenhoff. Mit einem lachenden und einem weinenden Auge verließ ich Behrenhoff.
In Seebad Ahlbeck war jetzt im Sommer Hochsaison. Sehr viele Badegäste kamen zur Erholung hierher. Am Bahnhof standen Gepäckträger bereit, um die Koffer der Gäste zu befördern. Da waren vier oder fünf Leute, die hatten ein Hundegespann. Zwei starke Hunde zogen einen Leiterwagen. Diese Wagen wurden bis oben hin mit Koffern vollgeladen und dann ging es die Stalinstraße entlang hoch zur Seestraße bis an die Dünenstraße, wo die meisten Ferienheime lagen. Wir

Jungen hatten schnell herausgefunden,
dass für uns hier auch etwas zu
verdienen sein würde und so boten wir
unsere Dienste an. Unter wüsten
Beschimpfungen der Gepäckträger mit
den Hunden schleppten wir tapfer die
Koffer der Gäste in ihre Ferienheime.
Meistens bekamen wir ein ordentliches
Trinkgeld.
Damals gab es in Ahlbeck ca. 20
Pferdedroschken. Viele Gäste, die es
sich leisten konnten, fuhren damit.
Die Seestraße, steil ansteigend und
dann abfallend zur Ostsee hin war die
Hauptgeschäftsstraße in Ahlbeck. Oben
in der Seestraße war ein Milchladen.
Der Besitzer, ein aller Mann von ca.
70 Jahren, holte jeden Morgen mit
einem Tempo-Dreirad die Milch aus der
Molkerei. Das Dreirad, ein
geschlossener Kasten, war dann voll
beladen. Die Steigung an der Seestraße
schaffte das Gefährt aus eigener Kraft
nicht, der Milchmann stieg dann aus
und schob kräftig mit. Gemeinsam mit
seinem Dreirad schaffte er die Milch
den Berg herauf in seinen Milchladen.
Wenn er ankam standen die Leute schon
Schlange. Oft stand ich mit unserer
Milchkanne auch in der Schlange an.
In Ahlbeck war das Leben bunt und auch
lustig und interessant. Nur manchmal
dachte ich wehmütig an Behrenhoff
zurück. Ich vermisste hier meinen
„Pirol", die Lärche, die so schön sang
and all die anderen Tiere, die wir
gehabt hatten.

Dafür wurde ich hier durch die Ostsee
und den feinen Sandstrand entschädigt.
Um die Seebrücke herum war es am
schönsten. Rechts und links davon
wurden Ruderboote vermietet. Die Boote
waren immer unterwegs. Manchmal
konnten wir beobachten, wie die neuen
Badegäste damit in der Brandung
umkippten. Nach einiger Zeit konnten
sie es besser und kippten nicht mehr
um. Die Fischerboote fuhren raus und
brachten ihren Fang ein. Immer waren
die Fischerboote bei der Landung von
den Badegästen dicht umlagert.
Außerdem gab es noch drei oder vier
Ausflugsschiffe, die schipperten an
der Küste bis nach Heringsdorf oder
Bansin entlang. Sie fuhren links von
der Seebrücke. Nach rechts ging es
nicht mehr sehr weit, nach zwei
Kilometern war die polnische
Staatsgrenze. Hier hinten an der
Grenze standen auch keine Strandkörbe,
stattdessen bauten die Leute sich
Burgen und legten sich dann nackt zum
Sonnen hin. Nur allzu gerne lagen wir
Jungen dann manchmal in den Dünen und
beäugten diesen Strandabschnitt, der
von den Einheimischen Ostende genannt
wurde.
An der Promenade von Ostende stand die
Tannenburg, eine weiße Villa, in der
Russen stationiert waren.
In der Schule hatte ich mich wieder
eingelebt und Russisch musste ich auch
lernen. Ob ich wollte oder nicht,
meine Aufgaben machte ich mehr
schlecht als recht in diesem Fach. Nur

wenn es für mich von Vorteil war, dann kratzte ich alle meine Russischkenntnisse zusammen und setzte sie ein. Das war einmal der Fall. Ich schlenderte am Bahnhof entlang, Koffer waren wohl nicht zu schleppen, als ich hinten, wo die Güterwagen standen, einen russischen Jeep entdeckte. Ich ging näher und begutachtet das Gefährt. Das interessierte mich sehr. In Behrenhoff stand nämlich damals neben dem zerstörten Schloss ein ausgebrannter Jeep, in dem ich immer sehr gern spielte. Jetzt hatte ich die Gelegenheit, mir einen solchen Jeep mal ganz genau anzusehen. Ich trat näher an den Jeep heran und begrüße auf Russisch den Offizier, der hinten wie ein Pascha drin saß. Vorne am Steuer saß ein junger Soldat. Der Offizier freute sich und lud mich ein, Platz zu nehmen. Das ließ ich mir nicht zweimal sagen. Wir unterhielten uns und er machte mir den Vorschlag, ihm Ahlbeck zu zeigen. Ich willigte ein und war mächtig stolz. Der Offizier gab dem Soldaten einen Befehl und ab ging die Post. Vor einer Bäckerei rief er plötzlich: "Stoi!". Sofort hielt der Fahrer an. Der Offizier sprang heraus und lief in die Bäckerei. Er kam mit einer großen Tüte voll Kuchen und sonstigen Leckereien wieder heraus. Kaum hatte er wieder Platz genommen, gab er dem Fahrer den Befehl, weiterzufahren. Unterwegs fragte er mich dann, wo es lang gehen sollte und ich gab die Richtung an. Er

reiche mir die Tüte und gemeinsam
futterten wir den Kuchen auf, der
Fahrer bekam nichts. Wir begegneten
auf den Straßen auch meinen
Schulkameraden, die bekamen große
Augen vergaßen, den Mund zuzumachen.
Ich fühlte mich großartig. Gut 1 ½
Stunden sind wir so durch Ahlbeck
gefahren, bis wir wieder zum Bahnhof
zurückkehrten. Die Fahrt war zuende,
ich bedankte mich und ging.
Hier an dieser Stelle des Bahnhofs, wo
die Güterwagen standen, wurden damals
Panzer zusammengestellt, die dann auf
den Güterwagen weiter nach Swinemünde
transportiert wurden.
Der Ahlbecker Friedhof lag direkt
gegenüber dem Bahnhof,, es war der
alte Friedhof. Es gab auch noch den
neuen Friedhof, der lag weiter hinten
mitten im Wald, umgeben von
Sumpfwiesen. Hier lagen die Mutter von
Kalli und unser Opa begraben. Oft
besuchte ich sie alleine auf dem
Friedhof. Ganz still war es hier, man
hörte manchmal nur die hohen Kiefern
rauschen.
Oberhalb dieses Friedhofs lag ein
ehemaliger Gefechtsstand bzw. Bunker
der Wehrmacht. Bis auf die Toiletten
unten im Keller war er vollkommen
zerstört, aber hier liefen die
Wasserhähne noch. Wir Jungen
kundschafteten alles aus. Es war
interessant und machte großen Spaß.
Hinter dem Bahnhof führte eine alte
Straße hoch nach Korswand zum
Wolgastsee. Die Straße ging zunächst

hoch und fiel dann in Kurven ab zum See. Sie war mit Kopfsteinpflaster gedeckt für den Winter. Daneben verlief als reiner Sandweg die Sommerstraße. Der See war ein beliebtes Ausflugsziel für die Gäste und auch für sie Einheimischen. Man konnte hier rudern und Kaffee und Kuchen gab es im Restaurant „Idyll am Wolgastsee". Von dort hatte man einen sehr schönen Blick auf den See. Die Leute kamen mit den Pferdedroschken hier an. Die Kutscher warteten bis die Leute gerudert und Kaffee getrunken hatten und dann ging es wieder zurück nach Ahlbeck. Bergauf nahmen die Kutscher und auch sonstige Gespanne den gepflasterten Weg, bergab ging es dann in den Sandweg rein. So brauchten die Pferde nicht so sehr zu bremsen. Seebad Heringsdorf hatte einen sehr schönen, großen Bahnhof und auch eine sehr schöne Seebrücke, die ebenfalls bis in die See hinausging. In einer Ladenstraße waren allerlei Geschäfte untergebracht. Zwischen Ahlbeck und Heringsdorf gab es einen Tunnel für Fußgänger, der unter den Geleisen hindurchführte, aber praktisch nie benutzt wurde. Er stand auch meistens stellenweise unter Wasser. Der Tunnel war sehr lang und reizte mich zu einer Durchquerung. Ich ging also hindurch und kam am anderen Ende in den Wald. Ich kletterte hoch und stand dann oben auf der Thingstätte. Hier oben befanden sich einmal ein Aussichtsturm, der Bismarckturm und

ein Freilichttheater. Alles war jetzt
kaputt, nur unten in dem ehemaligen
Freilichttheater waren noch die Reste
der Toiletten zu erkennen. Ich schaute
mich um und entdeckte noch mehrere
alte Loren, die noch auf den Schienen
standen. Einige Loren lagen umgekippt
und kaputt herum. Mein Vetter Kalli
war begeistert von meiner Entdeckung
und wir gingen hier noch öfter hin.
Immer auf der Suche nach etwas
Brauchbarem, zerschlugen wir die Räder
dieser Loren und holten uns die großen
Stahlkugeln aus den Radlagern heraus.
Nun waren wir die Könige. Solche
wunderbaren Murmeln hatten die anderen
nicht und so konnten wir damit gut
Geschäfte machen. Unten am Fuß dieses
ehemaligen Theaters lag ein altes
Forsthaus. Die Leute kamen hierher,
saßen draußen auf den aufgestellten
Bänken an den Tischen und tranken
Kaffee oder etwas anderes. Den Kuchen
musste man mitbringen, hier gab es nur
Getränke. Es war trotzdem schön.
Tante Anni besaß mehrere Strandkörbe,
die vermietet waren, zwei behielten
wir für uns. Am Strand, im Wasser war
es immer sehr schön. Im August wurde
es manchmal schon etwas tückisch. Die
See wurde rauer und entstanden Löcher,
in die so mancher ahnungslose
Feriengast reinfiel. Es war nicht
gefährlich, aber lustig anzusehen. Man
ging langsam in die flache See hinein,
stand dann bis zu den Knien im Wasser,
machte einen Schritt weiter und stand
dann plötzlich bis mindestens zum

Baunabel im Wasser. Die erste Sandbank
war sehr schnell erreicht, danach kam
die zweite und erst dann wurde es tief
und man musste schwimmen. Durch diese
Sandbänke fühlte ich mich immer sicher
in der Ostsee. Mit der etwas rauen See
kamen jetzt im August auch die ersten
Quallen. Die Badegäste waren davon
nicht begeistert, um so mehr wir
Kinder. Am Strand buddelten wir ein
Loch, sammelten die Quallen aus dem
Wasser und begannen, in dem Loch aus
den Quallen einen Brei zu machen. Die
Badegäste riefen nur: „Igitt!" und
„Wie scheußlich!", aber uns machte es
Spaß.
Auf der Promenade in Ahlbeck stand
direkt vor der Seebrücke eine große
alte Standuhr, die ein Berliner
Kurgast Anfang dieses Jahrhunderts
gestiftet hatte. Links davon befand
sich in den Anlagen, die mich Blumen
reich bestück waren, der
Musikpavillon. Davor standen viele
weiße Parkbänke. Im Sommer wurde
nachmittags fast jeden Tag ein
Kurkonzert gegeben. Andächtig saßen
die Leute auf den Bänken und lauschten
den Klängen. Der Musik. Auch das
Meeresrauschen hörte man hier. Ab und
zu setzte ich mich auch auf eine Bank
und hörte der Musik zu.
Der Herbst kam und damit wurde es
still in Ahlbeck. Die Strandkörbe
wurden auf Handkarren vom Strand
geholt und in die Winterquartiere
gebracht. Im Schuppen zuhause standen
dann ca. 60 Strandkörbe. Tante Anni

hatte einen Teil des Schuppens an
andere Strandkorbbesitzer vermietet.
Die Straßen wurden leer, die Gäste
waren abgereist. Auch die Promenade
war leer geworden, die Musik spielte
nicht mehr. Ein wenig trostlos wirkte
auf einmal alles. Schnell wurde es
kalt und der Winter war da.
Die Post in Ahlbeck lag mitten in der
Seestraße. Unsre Schule war in der
Schulstraße. Auf dem Weg zur Schule
machten wir dann Zwischenstation in
der Post. Draußen war es bitterkalt
geworden und wir konnten uns hier in
der Post an der Zentralheizung, die in
der Schalterhalle stand, aufwärmen,
bevor wir zum Endspurt in die Schule
ansetzten.
Auf der Ostsee bildeten sich die
ersten Eisschollen. Nach einigen Tagen
türme sich das Eis am Strand auf, es
entstanden richtige Eisberge. Mit
Bohnstangen, für die wir jetzt im
Winter auch noch Verwendung hatten,
ging es dann raus auf die Ostsee zum
Eisschollenfahren. Das ging wunderbar,
wie auf einem Floß paddelten wir
umher. Wir wussten ganz genau, wo die
zweite Sandbank zuende war und
paddelten auch nur bis hierher. Die
Eisschollen brachen nämlich manchmal
mitten durch und nur ein schneller
Sprung auf die nächste Eisscholle
bewahrte uns vor dem eiskalten Wasser.
Manchmal zersprangen die Eisschollen
so schnell, dass wir nicht gleich
wieder eine geeignete große fanden.
Dann blieb nur noch der Sprung ins

Wasser. Das war dann das Ende für
diesen Tag. Schnell ging es nachhause,
umziehen, es war ja nicht weit. Mutter
durfte hiervon nichts erfahren, sonst
gab es Prügel. Meine liebe Tante Anni
half mir dann immer. Sie gab mir neue
Sachen, trocknete die alten am
Kachelofen und tröstete mich.
Mein Vater war hier in Ahlbeck im
Konsum beschäftigt, meine Mutter war
halbe Tage in einer Fleischerei
beschäftigt.
Hatte ich etwas ausgefressen, so bekam
ich von nun an die Tracht Prügel immer
von meinem älteren Cousin Max. Dann
ging es hart zur Sache. Er hatte immer
einen breiten Lederriemen an, den er
aus der Gefangenschaft in Frankreich
mitgebracht hatte. Damit bekam ich
Prügel. Mutter sagte dann zu Max:"
Schlag den Hund, den Satan!" Meistens
gab es sehr vielen Schläge. Vorher
fragte mich Max immer, wie viele
Schläge ich haben wolle. Ich nannte
wohl nie die richtige Zahl, es gab
immer mehr, als ich sagte. Es gab
diese Schläge mal auf die Hose, mal
auf den blanken Hintern. Zehn Schläge
waren das Minimum. Max stand
breitbeinig vor mir und ich musste
meinen Kopf zwischen seine Beine
stecken. Er klemmte ihn dann so ein,
dass ich fast nichts hören konnte.
Schreien durfte ich nicht, das hätte
noch mal extra Schläge bedeutet. Ich
konnte mir ein Kissen nehmen, wo ich
dann reinbiss. War soweit alles
vorbereitet, konnte es losgehen. Schon

hörte ich den Lederriemen
runtersausen, es schmerzte wahnsinnig.
Tapfer biss ich in das Kissen, nur ein
leises Winseln war von mir zu hören,
mehr nicht. Diese Tracht Prügel gab es
in der Regel abends. Mutter stand
daneben und rief:" Schlag, Mäxchen,
schlag!" Danach war ich fix und
fertig, konnte nicht mehr sitzen und
auch nicht stehen. Es ging dann sofort
ohne Abendbrot ins Bett. Manchmal
bekamen wir die Prügel, also Kalli und
ich, zusammen. Max fragte, wer zuerst
wolle. Der jeweils andere von uns
beiden stand dann daneben und stand
doppelte Qualen aus und musste
zusehen, wie der Lederriemen auf den
Hintern des anderen sauste. Zehn bis
zwanzig Schläge gab es meistens.
Unser Vetter Max war Lehrer in
Ahlbeck. Am nächsten Tag war dann
alles wieder vergessen. Wir waren ihm
auch nicht böse. Wenn wir mit ihm auf
der Promenade spazieren gingen,
grüßten alle und wir waren stolz. Die
Prügel, die es gab, hatten wir uns
aber auch redlich verdient., wobei
nicht alle Schandtaten herauskamen und
es auch nicht für alles Prügel gab.
Von unserer im 1. Stock gelegenen
Wohnung ging vom Mittelzimmer eine
Doppeltür ab. Von hier aus kam man in
einen Flur, dort stand eine große
Kiste und darin waren ca. 1 Dutzend
Katzen untergebracht. Ich mochte
Katzen damals nicht. Von diesem Flur
aus ging eine Tür in die Großküche des
Kinderheims von Frau Horn, der auch

die Katzen gehörten. Sie hatte eine
dämliche Tochter namens Bärbel. Es
ging auch eine Treppe ab nach oben zu
dem Kinderheim und zu der Wohnung von
Frau Horn.
Unter der Treppe war eine Kammer, in
der alles mögliche herumlag. Die
Sachen gehörten alle Tante Anni und
ihrem Mann Hans, der hier aber nicht
mehr lebte. Hier stand auch ein altes
Grammophon, dass ich mit in die
Wohnung zu Tante Anni nahm. Viele
Schallplatten gab es da. Einige
zerdepperte ich, aber nur weil sie so
schön zersprangen, wenn man sie auf
den Borden warf. In dieser Kammer
lagen noch viele alte Sachen, auch ein
altes Telefon. Da war auch ein Apparat
dabei, der mich besonders faszinierte.
An diesem Gerät konnte man sich
elektrisieren. Es war ein schwarzer
Kasten mit einem Knopf zum Drehen.
Dann waren da zwei Schnüre. Das eine
war der Elektroanschluss und an das
andere Stück kam ein Glasstab, der in
einer Fassung steckte. Der Glasstab
war hohl und hatte innen einen Faden.
Steckte man das Gerät in die
Steckdose, brummte es leicht. Drehte
man nun ein wenig an dem Knopf, so
erschien im Glasstab bläuliches Licht.
Mit diesem Stab strich ich mir über
den Arm und elektrisierte mich. Je
mehr ich aufdrehte, je blauer wurde es
in dem Stab und je mehr kribbelte es.
Von dem Flur aus ging auch eine steile
Wendeltreppe nach unten in den Hof.

Dort stand neben der Treppe die Wasserpumpe aus Holz.

Im Schuppen konnten wir im Winter gut in den Strandkörben spielen. Hier hielten wir uns oft und gerne auf. In einer Ecke stand noch die riesige Theke aus dem Restaurant „Zum Krokodil". Dann fanden wir jede Menge alte Bilder, groß und im Holzrahmen. Es waren Gemälde von Kriegsschiffen aus dem 1. Weltkrieg. Die Strandkörbe standen in 2 Etagen im Schuppen. Oben war noch eine Ecke frei, hier richteten wir unsere Bude ein. Sogar einen Kanonenofen schleppten wir hier hoch und machten darin Feuer. Es qualmte weithin und man konnte meinen, der Schuppen brennt. Das war wieder so eine Begebenheit, mit der wir uns eine Tracht Prügel verdient hatten. Die gab es dann auch. Waren wir im Schuppen und hatten uns versteckt, wurden wir manchmal zu Einkaufen gerufen. Kalli meldete sich bei Tante Anni meistens nie. Ich meldete mich immer. Für mich galt, der Mutter unbedingten Gehorsam zu leisten.

Langeweile habe ich nie gekannt. Auch wenn es im Winter nicht so lebhaft war wie im Sommer, so war es doch nie langweilig. Im untern Teil der Seestraße gab es einen Zigarrenladen, der einem alten Mann gehörte. Abends, wenn es stockdunkel war, gingen Kalli und ich in den beleuchteten Laden. Vorher hatten wir schon ausgekundschaftet, wo in dem Laden eine günstige Steckdose war. Wir fanden sie in der Nähe der Eingangstür. Kalli hatte einen Stecker dabei, dessen zwei Pole miteinander verbunden waren. Wir fragten freundlich nach dem Preis dieser oder jener Zigarre. Der Mann drehte sich herum und wollte die Zigarrenschachtel aus dem Regal nehmen. Jetzt war für Kalli der Moment gekommen, schnell steckte er seinen Stecker in die Steckdose. Es gab einen Knall, alles war dunkel und der alte Mann suchte aufgeregt nach der Ursache. Wir aber kannten die Ursache und rannten schnell aus dem Laden. Von draußen beobachteten wir den Laden und sahen zu, wie lange es dauerte bis der alte Mann eine neue Sicherung reingeschraubt bzw. die alte Sicherung geflickt hatte. Sicherungen waren damals Mangelware und sehr kostbar.

Eines Tages beschlossen wir, uns im Schuppen eine schöne Schaukel zu bauen. Aber so einfach war das nicht, es gab ja keine Stricke zu kaufen. Wir hatten auch nur sehr wenig Geld, dafür aber immer gute Ideen. So beschlossen wir, uns von einem Fischerboot das richtige Seil zu holen. Wir kundschafteten das uns richtig erscheinende Boot aus und schritten zur Tat. Auf Schleichwegen hatten wir abends das Schiff erreicht, ein scharfes Messer wurde angesetzt und nach kurzer Zeit war das Seil ab. Ich

verstaute es unter meine Joppe und wieder ging es auf abenteuerlichen Schleichwegen nachhause in den Schuppen. Keiner bemerkte etwas. Am nächsten Tag montierten wir unsere Schaukel, die wir dann auch sehr häufig benutzten.
Neben dem Sportplatz in Ahlbeck lag die Eisbahn. Hier wurde jetzt einfach Wasser auf einen befestigten Platz gespritzt. Im Nu wurde daraus eine schöne Eisfläche, wo wir Schlittschuh laufen konnten. Das klappte auch schon ganz prima. Nur die Absätze an den Schuhen, die hielten nicht und gingen immer wieder ab. Nicht selten kamen wir mit Schuhen ohne Absätze nachhause.

Sehr beliebt war jetzt auch das Schlittenfahren. Dafür gab es eine fantastische Strecke. Oben von der Thingstätte herunter über eine Eisenbahnbrücke bis an die Schranken der zweiten Bahnlinie. Von oben nach untern waren es gut 1000 m. Den Schlitten steuerten wir mit einer langen Bohnenstange, das ging wunderbar, der Schlitten ließ sich damit exakt steuern. Vor der Eisenbahnbrücke hatten wir dann schon einen mächtigen Zahn drauf und mussten aufpassen, dass wir auch die Brücke erwischten. Sie lag etwas nach linkes und wir mussten hier höllisch aufpassen, dass wir nicht den Bahndamm herunterfuhren. Meistens klappte es auch. Den Zug konnte man schon von weitem hören, so ist nie etwas passiert. Manchmal fuhren wir Schlitten bis es stockdunkel war.

Oben auf der Thingstätte sahen wir eines Tages einen Feuerschein. Wir wussten nicht, woher er kam und was es war, aber es war so hell, dass etwas Furchtbares geschehen sein musste. Wir rannten los in die Richtung, aus der der Feuerschein kam. Es ging durch den Wald, den Berg herunter über die Straße, wieder durch einen kleinen Wald, über die Promenade und endlich standen wir am Strand von Heringsdorf und sahen es. Die schöne Seebrücke von Heringsdorf mit all den Läden brannte lichterloh. Keiner war da, der löschte, kein Feuerwehrwagen oder sonst jemand, der das Feuer löschte. Es brannte und viele Leute schauten zu. Ich fing an zu weinen und war sehr traurig. Diese alte Seebrücke ist nie mehr aufgebaut worden. Nur ein paar alte Stümpfe erinnern noch daran, dass hier einmal eine prächtige Seebrücke stand.

Die Autos auf den Straßen wurden langsam immer mehr. Da fuhren die alten DKW mit ihrer Holzkarosserie, man sah den alten Opel Kadett und begegnete auch schon mal einem Ford oder einem Horch. Aus Eisenach, der Automobilstadt, kam jetzt der IFA F9, ein Nachbau des DKW. Einen BMW 6-Zylinder mit dem blau-weißen Emblem konnte man auch bestaunen. Darüber

wunderte ich mich, waren doch die
Bayrischen Motorenwerke hier nicht
ansässig, sondern die Eisenacher
Motorenwerke. So kam dann eines Tages
der BMW (blau-weißes Emblem) als EMW
(rot-weißes Emblem) heraus. Lange
wurde dieses Auto allerdings nicht
produziert, dann hatten die Bayrischen
Motorenwerke erfolgreich Protest beim
Internationalen Gerichtshof eingelegt.

Im Schulunterricht war in diesen Tagen
Chemie für uns sehr interessant. Der
Lehrer ging mit unserer ganzen
Schulklasse an den Strand, der jetzt
menschenleer war, um uns die
Gefährlichkeit des Sprengstoffs
Natrium zu demonstrieren. Theoretisch
wussten wir Bescheid, dass, wenn
Natrium mit Wasser in Berührung kommt,
es explodiert. Wir stellen uns im
Halbkreis auf. In der Mitte stand der
Lehrer mit der Dose Natrium. Gespannt
schauten wir zu. Er öffnete die Dose.
Das Natrium sah wie Blei aus und lag
in ÖL. Mit einem Taschenmesser schnitt
er ein Stück ab. Dann verschloss er
die Dose wieder sorgfältig. Nun nahm
er das Stück Natrium, etwa
hühnereigroß, und schleuderte es in
weitem Bogen in die See. Wir sahen
staunend wie es im Wasser verschwand
und sogleich mit einem heftigen Knall
explodierte. Es schien, als kochte die
See an dieser Stelle. Wir waren alle
sehr beeindruckt von dieser
Demonstration.

Mein Cousin Max hatte eine sehr nette und hübsche Freundin kennen gelernt. Sie hieß Helga und war im Krankenhaus in Heringsdorf beschäftigt. Im Frühjahr war Hochzeit. Es wurde ein prächtiges Fest. Oben im ersten Stock, wo Frau Horn das Kinderheim hatte, wurde gefeiert. Jungen und Mädchen aus dem Kinderheim spielten und tanzten für die Hochzeitsgäste. Mich faszinierte ihre Aufführung „Im Grunewald ist Holzauktion" sehr. Alle fanden es sehr schön. Zu uns sagte Mäxchen: "Ihr könnt trinken und essen, was Ihr wollt, aber wehe, euch wird schlecht!" Wir taten uns an all den leckeren Sachen gütlich. Da waren Pfirsiche und Ananas, noch nie hatten wir so etwas Kostbares probiert. Und so schlugen wir uns die Bäuche voll. Dann war da diese wunderbare Bowle, besonders die Früchte darin schmeckten uns gut. Die Wirkung blieb nicht aus. Ich fand mich nachts auf dem Rasen der Promenade wieder, wo mich dann ein Spaziergänger fand und nachhause brachte. Auf unseren Hosenboden hatte dieses Saufgelage keine Auswirkungen.

Gelegenheiten, etwas auszufressen, gab es genug. Stets waren wir bemüht, dass wir nicht auffielen. Aber was nutzte es. Als ich eines Nachmittags mit Kalli auf den Hof kam, saß da wie auf dem Präsentierteller eine Katze. Oh, welch ein Zielobjekt, ich hatte gerade meinen Apfel zuende gegessen. Ich holte aus und traf genau. Die Katze hatte den Apfelstrunk wahrscheinlich aufs Auge bekommen. Sie lief wir verrückt im Kreis herum und schrie. Ausgerechnet in diesem Moment stand Frau Horn oben an der Wendeltreppe und beobachtet ihren Liebling. Es war vollkommen klar, wer der Übeltäter war, obwohl noch andere Jungen hier wohnten. Wir hörten Frau Horn wütend unsere Namen rufen. Eilig ergriffen wir die Flucht und rannten zu den Fischerhütten herunter, die uns einen ausgezeichneten Schutz boten. Es dauerte nicht lange und Bärbel, die Tochter von Frau Horn, kam und rief pausenlos nach uns. Wir sollten sofort zu ihrer Mutter kommen. Nun, wir wussten, dass Max Frau Horn auch nicht besonders gut leiden konnte. Wir ließen die Zeit verstreichen und kehren erst gegen Abend nachhause zurück. Inzwischen hatte Frau Horn natürlich Max schon alles erzählt und forderte eine ordentliche Bestrafung von uns beiden. Unser Vetter sagte es ihr auch zu. Dann nahm er uns freundschaftlich ins Gebet, wir wurden nicht gerade belobigt hierfür, aber es gab auch keine Tracht Prügel.

Die Strandkörbe hatten unter der Sitzbank eine Mulde, in der die Badegäste allerlei Sachen verstauen konnten. Meistens waren die Strandkörbe nicht abgeschlossen. Wir Jungens machten uns dann gegen Abend auf und durchstöberten die Strandkörbe nach Brauchbarem. Da kamen die tollsten Dinge zum Vorschein. Hauptsächlich fanden wir Pfandflaschen, die wir am nächsten Tag eintauschten und das Geld klassierten. Wir fanden aber auch Geld, Spielsachen, Bücher, Sonnenbrillen und Strandsachen. Ein Freund von mir, er stammte aus Dessau, fand einmal eine schöne Damenuhr. Er nahm sie mit und schenkte sie seiner Mutter.

Im Sommer war das Leben immer bunt und interessant für uns. Ich ging auch immer gerne einkaufen, hier konnte ich auch die meisten Pluspunkte sammeln. Sollte ich in die Fleischerei gehen und Wurst und Schnitzel holen, so brachte ich die Sachen auch mit nachhause. Hierzu war es oft nötig, dass ich bis nach Bansin fuhr. Nicht selten hatte ich 8 – 10 Fleischereien aufgesucht, um die Schnitzel oder die Wurst zu bekommen. Um Brot oder Brötchen zu holen, brauchte ich nur 3 oder 4 Bäckereien in Ahlbeck aufzusuchen. Allerdings musste ich mich auch hier lange anstellen.

In der Seestraße in Ahlbeck gab es die Drogerie Steinhoff. Wenn uns mal wieder nach Streichen zumute war, dann ging ich in diese Drogerie. Drinnen stand Herr Steinhoff, ein weißhaariger älterer Mann mit einem Schnäuzer und einem weißen Kittel würdevoll hinter seiner Glastheke. Er schaute mich erwartungsvoll an und fragte mich: " Nun, mein Junge, was möchtest du? " Ich hatte schon vorher darauf geachtet, dass der Laden fast leer war

und ich in der Nähe der Eingangstür
stand. Ruhig und ernst sagte ich
meinen Wunsch:" Ich möchte bitte ein
Päckchen Haumichblau!" Der Drogist
lief rot wie eine Tomate an und
schrie: " Na, warte, dir werde ich.."
Ich wollte nicht mehr wissen, was er
vorhatte. Eilig trat ich den Rückzug
an und amüsierte mich königlich.
Danach ließ ich mich ca. 8 Tage nicht
sehen.
 Doch dann holte ich zu einem neuen
Streich aus. Dieses Mal mit Kalli
zusammen, Es war Spätnachmittag und es
herrschte lebhafter Fußgängerverkehr
in der Seestraße. Für unseren Streich
brauchten wir auch die Badegäste als
Kulisse. Wir gingen mit ernster Miene
in die Drogerie und verlangten für den
Vater diese kleinen Dinger da, die
unter der Glasvitrine lagen. Es waren
Kondome. Nach kurzem Zögern gab der
Drogerist uns, was wir wollten. Wir
bedankten uns artig und verließen das
Geschäft. Draußen nun, inmitten der
ganzen Leute, öffneten wir die Tüte
und nahmen diese Dinger heraus. Wir
bliesen sie auf bis sie ganz groß
waren. Und schon hörten wir von allen
Seiten das Echo:" Nein, Karl-Otto,
schau mal, was die Jungs da machen!"
und so weiter. Die Lacher waren für
kurze Zeit auf unsere Seite, doch dann
schien es uns ratsam, uns schnellstens
zu verkrümeln.
Zwei Geschäfte weiter war ein
Andenkenladen. Inhaberin war eine
Frau, die wir nicht leiden konnten.

Deshalb wollten wir aus ihrem Geschäft etwas stehlen. Sie war eine garstige Ziege. Und wir wollten sie damit auf unsere Art bestrafen. Im Schaufenster hatten wir uns schon etwas ausgesucht. Es war eine kleine, alte Kogge. Wir gingen in den Laden. Wir waren alleine mit ihr. Kalli fragte, was das Spiel, das oben im Regal stand, kosten würde. Sie fragte: "Welches Spiel?" Wir wussten, sie musste sich einen Stuhl nehmen um an das Regal zu gelangen. Jetzt durfte nur kein anderer Kunde in den Laden kommen. Sie kletterte hoch und schaute nach dem Preis. Ich langte mit der Hand in die Schaufensterauslage und ergriff schnell die Kogge, die ich mir unter das Hemd schob. Die Frau kam wieder herunter und nannte uns den Preis. "Nö, „ sagten wir „das ist uns zu teuer!" und verließen den Laden. Zuhause versteckten wir die Kogge, keiner durfte sie sehen. Was wir hier ausgeheckt hatten, befriedigte uns dieses Mal nicht. Das schlechte Gewissen meldete sich. Am liebsten hätten wir alles wieder rückgängig gemacht. Aber das ging ja auch nicht. In Zukunft sind wir immer schnell an dem Laden vorbeigegangen.

Auf der Insel Usedom lag der Flughafen Garz - hier lag noch viel vom Krieg herum. Ein älterer Jungen, Jürgen Herzmann, der auch hier in der Friedrichstr. Nr. 7 wohnte, brachte eines Tages einen Flugzeugtank aus

Aluminium an. Es war ein Zusatztank, der wie ein kleines Boot aussah und als solches benutzten wir ihn auch und paddelten damit auf der Ostsee herum. Das machte uns großen Spaß.

Auf unseren Entdeckungs- und Streifzügen durch Ahlbeck und Umgebung kamen wir dann auch auf den Ziro-Berg. Hier oben stand ein altes Haus, es waren keine Fenster und keine Türen mehr darin. Wir erforschten alles und standen auf einmal im Keller. Von hier aus ging ein Loch in einen langen Gang. Es war ein dickes Rohr und uns interessierte brennend, was wohl dahinter verborgen lag. Wir zwängten uns durch das Rohr und schauten uns alles an. Es war ein spannendes Unternehmen und dauerte ziemlich lange. Dahinter befanden sich mehr als ein Dutzend Gänge mit einer Länger von je 50 m, die wir alle durchgingen. Hier drin schallte es unheimlich. Am Ende angekommen ging es wieder zurück. Kalli, etwas kleiner und dünner als ich, kletterte als Erster heraus. Dan kam ich, doch auf einmal ging es nicht mehr weiter. Ich kam weder vorwärts noch rückwärts. Es war tatsächlich zum Heulen. So oft ich mich auch erneut in die Röhre zwängte, mal mit dem Kopf zuerst, mal mit den Beinen, es ging einfach nicht. Ich passte nicht mehr durch die Röhre. Doch irgendwie musste es ja gehen. Nach mehreren vergeblichen Versuchen klappte es dann endlich. Es war sehr schmerzhaft, die ganze Haut von den Beckenknochen hatte ich mir abgeschrammt. Die Schrammen heilten dann aber schnell wieder.

In den Wäldern rings um Ahlbeck gab es viele Blaubeeren. Manchmal musste ich mit Mutter mitgehen, pflücken. Das machte mir überhaupt keinen Spaß, überall Mücken und dann diese blöden Holzböcke.

Ahlbeck hat eine schöne alte Kirche. In der Schule gab es keinen Religionsunterricht mehr. Es gab die Jugendweihe. Wir Kinder waren davon begeistert, sollte es doch für jeden von uns, der an der Jugendweihe teilnahm eine Armbanduhr und einen Weltatlas geben. Mutter und Tante Anni waren jedoch dagegen. Kalli und ich erhielten Privatunterricht von Pfarrer Braun, der unmittelbar an der Kirche wohnte. Wir legten beide eine Prüfung ab, die wir mit gut bestanden und wurden konfirmiert.

Vom Konsum aus, wo mein Vater arbeitete, kam ich dieses Jahr in ein Ferienlager nach Blankenburg im Harz. Es war eine schöne Zeit. Hier war jetzt Erntezeit für Kirschen. Wir halfen mit beim Pflücken und das machte uns großen Spaß. Man hatte uns gesagt: "Ihr könnt so viel Kirschen essen, wie Ihr wollt, dann müsst Ihr aber auch mit pflücken!" Das taten wir dann auch. In Blankenburg, unweit von unserem Ferienheim gab die Burg

Regenstein, die wir auch besichtigten.
Es war sehr interessant. Wir
unternahmen hier auch vielen
Wanderungen. Zum Beispiel über den
Teufelspfad. Auf schmalen Pfaden
kletterten wir über den Bergrücken,
einer hinter dem anderen. Dann kam
eine Stelle, wo wir einen Meter
überspringen mussten. Es ging hier
steil in die Tiefe. Wir schafften es
alle. Wohl war mir dabei aber nicht.
Einmal kamen wir an einen alten
Stollen. Dort lagen noch Stahlhelme
und verrostete Gewehre, auch
Totenschädel und Knochen lagen da
herum. Der Lehrer sagte uns, hier
seien im Krieg Flugzeugteile gebaut
worden.
In Wernigerode besichtigen wir das
schöne Schloss.
Sie Zeit hier war sehr schön. Als es
nachhause ging, schrieb ich eine Karte
mit einem Zug darauf und in dem Qualm
stand „Ich komme".

Noch bevor ich konfirmiert wurde, war
mein Vater plötzlich weg von zuhause.
Mutter sagte mir nur, er hätte uns
verlassen. Ich war nicht besonders
traurig. Jeden Tag, wenn ich zur
Schule ging, wurde ich von einem
Volkspolizist gefragt, wo denn mein
Vater sei. Wahrheitsgemäß antwortete
ich, dass ich das nicht wüsste. So
ging es Tag für Tag.

Mäxchen wohnte nun mit seiner Frau
unten in einer Wohnung in dem großen

Haus. Oben bei uns war ein Zimmer frei geworden, was nun an Badegäste vermietet wurde. Meine Mutter und ich schliefen im Sommer manchmal unten in einem Zimmer neben dem ehemaligen Kaufhaus.

Im Hinterhaus wohnte die Familie Günther. Sie hatten drei Söhne. Erwin war der älteste und zugleich auch der netteste und hilfsbereiteste. Er war Fahrer in einer Kiesgrube, die unserem Nachbarn, dem Herrn Zepplin gehörte. Eines Morgens, als ich gerade zur Schule gehen wollte, kam mir Frau Günther weinend entgegen. Sie hatte gerade die schreckliche Nachricht bekommen, dass ihr Erwin tot sei, verunglückt mit dem Kieslaster. Wir trauerten alle. Ich weinte bitterlich, ich hatte ihn sehr gemocht.
In dem Hinterhaus lebte auch ein älteres Fräulein, die Frau Dill, mit einem alten Kapitän, dem Herrn Keup und ihrem Dackel. Herr Keup konnte nicht mehr gut sehen, ging aber trotzdem noch viel mit dem Hund spazieren. Manchmal begeleitet ich ihn und er erzählte mir viele spannende Geschichten aus der Seefahrt, die ich gern hörte.

Auf den Speichern der beiden Häuser lag viel herum. Hier oben im Hinterhaus lagen stapelweise Geschirr und viele Möbelstücke. Auf dem anderen Speicher fand ich mal eine ganz große Kiste voller Geld.

In einer Turnhalle in Heringdorf gab
unser Cousin Max Boxunterricht. Wir
waren mächtig stolz auf ihn. Natürlich
wollten wir auch mal mit und es
probieren. Wir bekamen dicke
Boxhandschuhe an und los ging es.
Allerdings nicht lange, dann hatten
wir die Nase voll und blutig.

Wieder war ein Jahr zuende und wir
schrieben das Jahr 1955. Zu unserer
Konfirmation hatten Kalli und ich
jeder ein paar wunderschöne
Salamander-Schuhe bekommen. Diese
Schuhe hatte uns mein Vater geschickt,
der inzwischen in Köln lebte. Die
Anzüge, Hemden und Krawatten besorgten
Mutter und Tante Anni damals unter
großen Schwierigkeiten in Wolgast.

Es kam der 1. Mai, der, wie schon in
Behrenhoff, kräftig gefeiert wurde.
Eine Musikkapelle mit strammer
Marschmusik marschierte durch Ahlbeck.
In der Musikgruppe ging auch Werner
Günter mit, der Trompete spielte. Mein
kleiner Bruder Rüdiger mochte ihn gut
leiden. Zwischen all den Musikern mit
ihren Instrumente, die spielend die
Straße entlang zogen, marschierte mein
kleiner Bruder strammen Schrittes mit.
Wenn er verschwunden war, brauchten
wir ihn nicht zu suchen, wir wussten,
wo er war, im Musikzug. Jetzt war er
drei Jahre alte geworden. Den Strand
und das Wasser liebte er auch sehr.
Manchmal musste ich ihn mit Gewalt aus

dem Wasser holen, weil er schon blau war. Eines Tages musste ich ihn dann doch suchen. Ich fand ihn am Strand. Splitternackt spielte er dort mit anderen Kindern. Auf meine Frage, wo denn seine Sachen seien, zeigte er Richtung Heringsdorf und meinte nur: „Da hinten!" Ich nahm ihn an die Hand und wir begannen mit der Suche. Zwei Kilometer weiter, am Strand von Heringsdorf fand ich sie dann endlich. Er strahlte mich nur an und so konnte ich ihm auch nicht böse sein.

Hinter unserem Schuppen hatten wir einen großen Garten. Von dort ging ein kleines Tor auf die Friedrichstraße. Hier an der Seite standen die Sträucher mit den weißen, großen Erbsen. Wir nannten sie Knallerbsen und manchmal beschmissen wir damit die Leute. Einen Spaß machten wir uns auch daraus, wenn wir ein leeres Portemonnaie an einem Bindenfaden auf den Bürgersteig legten. Es dauerte auch gar nicht lange und schon kam jemand, der sich danach bückte. Jedoch er bückte sich vergebens. Schwupp, ein Zug am Bindfaden und die Geldbörse war weg. Dann konnten wir etwas hören, zu sehen waren wir nicht. Wir erschreckten die Leute auch gerne mit Knallerei. Hierzu brauchten wir einen hohlen Schlüssel, einen Nagel, einen Bindfaden und Streichhölzer. Die Köpfe von ca. 5 Streichhölzern waren die beste Mischung. Ein Versuch mit 10

Streichholzköpfen verlief negativ, es riss den Schlüssel auseinander. Nachdem die Köpfe der Streichhölzer abgestreift in dem Schlüssel waren, steckten wir auch noch den Nagel in den Schlüssel. Beides war mit dem Bindfaden verbunden. Jetzt brachten wir nur noch schwungvoll den Schlüssel mit dem Nagel auf den Bürgersteig zu hauen, und schon knallte es herrlich. Schlüssel, die innen hohl waren, wurden langsam rar und so fielen uns ein neuer Spaß ein.

Wir besorgten uns harte Halme von trockenen Gräsern oder Unkraut mit einem bestimmten Durchmesser. Durch diese Halme passte dann genau eine Holunderbeere. Je nachdem, ob die Beere noch grün und hart war oder schon reif und weich, war es dann für unser Opfer mehr oder weniger schmerzhaft. Begeistert war keiner, wenn er ahnungslos den Bürgersteig entlang ging und plötzlich auf seiner Wange etwas spürte.

Hier an dieser Stelle parkten auch immer die Russen-LKW. Die Fahrer blieben in den Autos sitzen, während der Offizier mit seiner Frau einkaufen ging.

Cousin Max hatte ein kleines Auto mit 3 Rädern. Der Sprit war sehr teuer. Die einfachen Soldaten, die Fahrer der LKW, die hier standen, boten eines Tages eine 20-l-Kanister für zehn Mark an. Schnell waren wir mit einem Kanister zur Stelle und mit einem Schlauch zapfte der Soldat den Sprit ab. Er war sehr nervös dabei. Es durfte ihn keiner erwischen. Es ging aber immer gut. So hatten wir jeden Monat preiswertes Benzin.

Eines Tages sagte meine Mutter, dass wir bald mit dem Zug nach Köln zu meinem Vater fahren würden. Ich musste ihr versprechen, niemandem etwas davon zu sagen, was ich auch tat.

Die Reise ging über Berlin. Hier bekam ich meine erste Banane, die mir überhaupt nicht schmeckte. In Köln wurden wir von meinem Vater am Bahnhof abgeholt. Ich freute mich sehr. So eine große Kirche wie den Kölner Dom hatte ich noch nie gesehen und ich war sehr beeindruckt. Gleich gegenüber, in dem Deichmannnhaus bekam ich eine große Tafel Schokolade von Vater, die ich auch gleich verspeiste. Vater war dick geworden und gefiel mir gar nicht. Wir fuhren nach Köln-Worringen, wo er wohnte. Er quartierte uns bei der Familie Hachen, die am Sportplatz wohnte, ein. Herr Hachen war ein Schäfer. Es gab auch einen Sohn namens Karl-Heinz, etwas älter als ich und mit ihm freundete ich mich an. Das Kölsch, die Sprache, die man hier sprach, verstand ich überhaupt nicht. Ich kam mir vor wie im Ausland. Aber irgendwie ging es dann doch.
Auf dem Sportplatz drehten die Jugendlichen mit ihren Mopeds eine

Runde nach der anderen. Ein Moped war dabei, da mir besonders gefiel. Es war so schön klein und hieß NSU Quickly.

Die Tage hier in Köln vergingen wie im Fluge. Ich schaute mir alles an. Sogar eine Aalräucherei gab es hier noch. Zum Rhein war es nicht weit, hier konnte man damals noch baden, sich sonnen oder den zahlreichen Schiffen zuschauen, die aus aller Herren Länder vorbeifuhren. Dann war der Tag der Abreise gekommen und es ging wieder zurück nach Ahlbeck. Ich freute mich über die lange Bahnfahrt.

In Ahlbeck herrschte, wie immer im Sommer, buntes Treiben. Uns schräg gegenüber in der Seestraße lag der Seehof. Eine alte Seemannskneipe mit einem überdachten Glashof. Dort fand gerade eine Tombola statt, es gab viele schöne Preise zu gewinnen. Abend brannten bunte Lampen und die Leute saßen draußen und aßen und tranken Bier.
In der Stalinstraße, der ehemaligen Lindenstraße, war ein Fahrradhändler. Er reparierte und hatte auch viele Ersatzteile zu verkaufen. Meine Fahrräder suchte ich mir auf den zwei Müllplätzen von Ahlbeck zusammen und baute mir ein komplettes Fahrrad daraus. Neue Farbe kaufte ich mir in der Drogerie Russow in der Seestraße, die hatten hier die meisten Farben. Es gab drei Drogerien in der Seestraße.

Mit einer Kerze bzw. dem Russ der Kerze verzierte ich den frischen Lack. Das gefiel mir sehr gut und es gefiel auch einem Mann von der Müllabfuhr in Ahlbeck sehr gut. Er kam zu mir und fragte mich, ob ich ihm nicht auch so ein schönes Fahrrad bauen könnte. Er könnte mir monatlich 10 Mark geben. Wir vereinbarten einen Preis von 120 Mark und ich baute ihm sein Fahrrad. Nach einiger Zeit hatte ich es zusammengebaut und konnte die ersten 10 Mark kassieren. Neun Monate lang zahlte er treu und brav jeden Monat 10 Mark. Dann war das Fahrrad hinüber und er zahlte auch nicht mehr. Ich verschmerzte es und war mit meinem gemachten Gewinn zufrieden.

Mein Vetter Max und seine Frau Helga hatten inzwischen Nachwuchs bekommen. Es war ein niedliches kleines Mädchen namens Ines. Mein Bruder Rüdiger hatte viel Spaß mit ihr und sie spielten sehr oft zusammen. Zwei Zimmer der schönen Wohnung von Max und Helga gehörten zu dem ehemaligen Restaurant. Unter einem Zimmer war noch der Zapfkeller, sämtliche Armaturen zum Bierzapfen waren hier noch vorhanden. Helga und Kalli waren beide Klavierspieler. Kalli hatte noch zusätzlich Geigenunterricht in der Musikschule in Heringsdorf. Wir hatten zwei Klavieren, eines oben in der Wohnung und eines unten bei Max und Helga. Manchmal spielten Helga und

Kalli vierhändig Klavier, das hörte
sich sehr schön an und gefiel mir gut.

Eines Tages fuhr ich mit Kalli nach
Wolgast. Wir kamen erst abends zurück,
es war schon dunkel. In unserem
Zugabteil fuhren betrunkene Fischer
mit, die in Zinnowitz ausstiegen.
Kalli und ich amüsierten uns über die
betrunkenen Fischer und folgten ihnen,
als sie das Abteil verließen auf die
Plattform des Waggons. Sie stiegen
umständlich aus und trotteten zum
Bahnhof. Der Zug setzte sich in
Bewegung und wir standen noch immer
auf der Plattform, um ihnen
nachzuschauen, als ich plötzlich unter
meinem Fuß etwas Weiches fühlte. Ich
schaute nach und es war ein großes
Portemonnaie. Schnell stellte ich den
Fuß wieder darauf und genauso schnell
war mit klar, das konnte nur den
Fischern gehören. Aber ich brachte vor
lauter Aufregung keinen Ton heraus.
Der Zug hatte an Fahrt gewonnen, der
Bahnhof wurde kleiner und kleiner, bis
er in der Dunkelheit verschwand. Kalli
hatte nichts bemerkt. Ich hob die
Geldbörse auf, steckte sie mir in die
Hosentasche und ging mit Kalli ins
Abteil zurück. Erst in Ahlbeck auf dem
Nachhauseweg erzählte ich ihm von
meiner Beute. Er war sofort begeistert
und wir beschlossen, brüderlich zu
teilen. Zuhause gingen wir dann in die
Toilette von Mäxchens Wohnung. Hier
konnten wir rein, ohne die Wohnung zu
betreten. Wir zählten fast 50 Mark,

da war unvorstellbar für uns, wir fühlten uns reich. Jeder hatte jetzt 25 Mark. Ich kaufte mir davon in einem Fotogeschäft eine kleine Kamera für 10 Mark.

Draußen auf der See, zwischen Heringsdorf und Ahlbeck, lag ein großes Kranschiff. Ich ruderte hin und fotografierte es mit meiner neuen Kamera.
Unten an der Seestraße, Ecke Dünenstraße begannen die Bauarbeiten für eine neue Eisdiele. Auch das hielt ich im Film fest.
Die Mädchen, die wir so trafen, interessierten uns immer mehr. Besonders die, die aus Berlin oder sonst wo herkamen. Die einheimischen Mädchen stellten sich manchmal etwas zickig an, besonders die, die ich mochte. Da war eine, die lief mir regelrecht nach, machte sogar meine Hausaufgaben, aber ich mochte sie trotzdem nicht.
Kalli und ich promenierten zu gerne zwischen Ahlbeck und Heringsdorf. Hier trafen wir die schönsten Mädchen. Oft begegneten wir hier auch Max und Helga.
Das Kino in Ahlbeck lag an der Dünenstraße und war preiswert. Der Eintritt kostete 80 Pfennige. Es gab viele Filme mit Hans Albers, Hans Moser oder Heinz Rühmann. In der Reklame im Kino zeigten sie ein Auto, den P 70, mit einer Kunststoffkarosserie. Das Auto

kullerte den Berg herunter und stand wieder auf 4 Rädern ohne eine Beule zu haben.
In Heringsdorf hinter dem Kulturhaus auf der Promenade stand das Strandhaus, auch der Strandpavillon genannt. Hier wurde abends zum Tanz aufgespielt. Wir schauten hier manchmal herein, von innen durften wir es noch nicht ansehen. Auch dieses herrliche Haus brannte in diesem Herbst vollkommen nieder und Heringsdorf war wieder um eine Attraktion ärmer.

Die kalte Jahreszeit begann wieder. Unten in der Stalinstraße, auf dem Kohlenhof wurde es lebhaft. Die Menschen kamen mit ihren Handwagen und holten sich ihre Briketts ab. Werner Günther hatte einen extragroßen Handwagen. Er holte auch für uns die Kohlen mit ab. Wir mussten dann mitgehen. Die Seestraße hoch, das war das schwierigste, hier mussten wir uns alle mächtig anstrengen.
Ahlbeck kannte ich inzwischen in- und auswendig. Jede Straße, jeder Platz waren mir vertraut.
In der Schule hatte ich einen Klassenkameraden, mit dem verstand ich mich gar nicht. Er hieß Uwe Schmitz und ich bekam so manche Prügel von ihm, weil er viel stärker war als ich. Ich hatte aber auch Freunde in Ahlbeck. Meistens jedoch spielte ich

am liebsten mit Kalli. In diesem
Winter kamen wir auf die Idee, uns ein
Telefon zu bauen. Wir legten einen
Draht von einem Zimmer in ein anderes,
den zogen wir ganz stramm und
befestigten an den Enden jeweils eine
leere Konservendose, das war die
Sprech- und zugleich auch die
Hörmuschel. Es klappte vorzüglich.

Weil mein Vater nicht mehr hier war,
nahm man meiner Mutter die Stelle im
Büro des Konsums weg und gab ihr eine
Putzstelle. In der Fleischerei, in der
Seestraße, wo meine Mutter nun putzen
musste, gab es aber einen guten
Meister. Er steckte meiner Mutter viel
an Fleisch und Wurst zu. So hatten wir
nun immer einen gut gedeckten Tisch.
Das Kochen erledigte meistens Tante
Anni, das schmeckte auch am besten.
Mutter war nicht so für das Kochen.
Wir hatten einen Gasherd in der Küche.
Ich roch das immer so gerne. Manchmal,
wenn die Milch oder die Suppe
überkochte, ging die Flamme aus und
das Gas entströmte ungehindert. Dann
roch es entsetzlich nach Gas. Es ist
nie etwas passiert, wir hatten aber
auch keinen Raucher in der Familie.
Tante Anni kochte eine wunderbar
Biersuppe, die aß ich so gerne. Max
hatte sich einen schönen großen
Schäferhund zugelegt. Der gefiel uns
allen sehr gut. Er hatte jahrelang bei
der Polizei Dienst getan und parierte
aufs Wort. Allerdings mochte er keine
Uniformen. Der Briefträger bekam das

zu spüren. Der Hund, wir nannten ihn Lux, lag immer oben auf dem Treppenabsatz vor der Wohnung und wachte über alles. Er war ein zuverlässiges und braves Tier. Auf Befehl konnte er zufassen. Mäxchen hatte einen Freund und der meinte eines Tages: " Max, was willst du mit so einem braven Hunde? Der kann doch keinem etwas zuleide tun." „Doch", sagte Max „ich zeige es dir!" Lux, der friedlich vor dem Freund gesessen hatte, sprang plötzlich, nachdem er einen Befehl von Max erhalten hatte, auf und stellte sich mit den Hinterbeinen vor dem Freund auf. Die Vorderpfoten legte er ihm auf die Schulter. Der Mann wurde blass und brachte kein Wort mehr heraus.. „So", sagte Mäxchen,"jetzt brauche ich nur noch ein Wort zu sagen und er beisst dir die Kehle durch! " Mäxchens Freund, Wolfgang hieß er, bat nur noch darum, den Hund wegzunehmen. Ein weiterer Befehl ließ Lux dann wieder zu einem ganz braven harmlosen Hund werden. Er hatte gezeigt, was er konnte.
Ich nahm den Lux dann oft mit, wenn mir wieder mal einer meiner Klassenkameraden nicht gut gesonnen war. So konnte ich sie mir vom Leib halten. Zuhause saß Lux oft unter dem Tisch, an dem wir aßen. Das hatte ungeheure Vorteile. Es gab schon mal etwas zu essen, das ich auf keinen Fall zu mir nehmen wollte. Ich hatte einen Ekel vor kalten Pellkartoffeln

und vor Kürbissuppe.. Ich blieb so lange vor dem vollen Teller bei Tisch sitzen, bis Mutter aufstand. Keine Ohrfeigen oder sonstige Prügel konnten mich dazu bewegen, diese Sachen zu essen.. War die Luft rein, brauchte ich nur den Teller zu nehmen und ihn Lux hinzuhalten. Ich hörte es einige Male schmatzen, dann war der Teller blitzeblank. Lux war für alles dankbar und fraß es sofort auf.

Mit der Zeit wurde unser Lux immer aggressiver und Max gab ihn an einen Bauern auf der Insel weiter. Wir waren sehr traurig, als er nicht mehr da war.

In Heringsdorf war ein Haus für die jungen Pioniere eröffnet worden. Ich war auch ein junger Pionier. Wir trugen alle blaue Haltstücher, unsere Altersgenossen in der UDSSR dagegen trugen rote Halstücher. Das Haus gehörte der GST, Haus der Technik. Hier lernten wir das Schießen mit dem Gewehr, einem Luftgewehr mit 6 Schuss. Es gab auch sonst noch viel Interessantes, sogar eine elektrische Eisenbahn war da. Es machte uns großen Spaß, hier zu sein.

Die Schule machte mir auch Spaß, vor allen Dingen die Fächer Chemie und Biologie. Wir hatten sogar einen eigenen Schulgarten, in dem wir jetzt im Frühjahr auch fleißig arbeiteten.

Dann war der 1. Mai wieder da und mein kleiner Bruder marschierte auch wieder mit. Die schöne Zeit begann wieder, die ersten Badegäste kamen schon. Wir sahen vielen neue Gesichter, es wurde wieder viel lebendiger. Auch die Kurkonzerte begannen wieder, die Leute saßen in den Bänken und lauschten der Musik.

Ich hatte in der Schule ein Mädchen kennen gelernt, das ich sehr mochte. Sie hieß Sigrid Hakendahl, aber ich kam nicht weiter bei ihr. Sie zeigte mir die kalte Schulter und so tröstete ich mich mit anderen Mädchen.

Mein 15. Geburtstag, den wir dann im August feierten, sollte dann hier in Ahlbeck mein letzter sein.

In diesem Sommer waren wir noch nach Magdeburg gefahren, wo meine Tante Ernie, Onkel Kurt und Volker lebten. Die Stadt gefiel mir sehr gut. Sie wohnten in einer schönen Wohnung am Triftweg. Später zogen sie in die Goerdelerstraße um. Hier gab es sogar einen großen Garten. Tante Ernie beschäftige ein Dienstmädchen. Sie hielt die große Wohnung in Ordnung und kochte und servierte das Essen. So etwas hatte ich noch nicht erlebt und ich war begeistert.

Die Elbe war nicht so breit wie der Rhein in Köln, aber es war auch hier sehr schön. Hier in Magdeburg lebte auch meine Oma, die ich noch ein letztes Mal sah. Kurze Zeit später starb sie.

Zuhause in Ahlbeck ging alles seinen lieben gewohnten Gang. Nichts, aber auch gar nichts ließ mich erkennen, dass wir Ahlbeck wieder mal verlassen würden.

1956 von Seebad Ahlbeck/ Usedom nach Köln

1956 war es soweit, wir siedelten von der DDR in die Bundesrepublik über. Meine Mutter hatte für mich, meinen Bruder und für sich die Ausreisegenehmigung erhalten. Einige alte Sachen, die Mutter noch von früher hatte, durften wir mitnehmen. Dieser Abschied fiel mir sehr schwer, ich wollte am liebsten gar nicht von Ahlbeck weg. Mir war klar, dass ich hier so schnell nicht wieder hinkommen würde.
Nach Behrenhoff, wo mich die Sehnsucht in den Schulferien hintrieb, war ich noch einmal gekommen, zusammen mit Kalli. Wir halfen Günter Heinrich bei der Kartoffelernte. Damals, als wir hier noch lebten, wurde manchmal die ganze Schulklasse zum Kartoffelkäfersammeln eingeteilt. Danach waren die Hände immer ganz braun. Wie jedes Jahr waren auch die Schwalben am Haus wieder da und zwitscherten ihr Lied. Wir ließen Günther Heinrich die Luft aus seinen Fahrradreifen heraus und klauten aus einem Heuschober Hühnereier.
In Gedanken ging ich noch einmal alle Stationen in Behrenhoff und Ahlbeck durch. Alles, woran mein Herz hing, musste ich zurücklassen. Es war für mich ein sehr schwerer Abschied.
Ca. 24 Stunden waren wir mit dem Zug unterwegs, ehe wir in Köln ankamen.

Mein Vater hatte hier eine kleine Wohnung eingerichtet und arbeitete bei einer Bank in Köln -Worringen. Ich wurde hier wieder eingeschult und ging in die 8. Klasse der Volksschule. Die Schulspeisung bekam ich gratis, die Schulbücher mussten meine Eltern aber für mich kaufen. Ich verstand die Sprache hier in Köln nicht und wurde deshalb sehr viel gehänselt. Man nannte mich einen „Pimmok". Das war ein Schimpfwort und es kränkte mich sehr. Der Lehrer, er hieß Kellner, war einer von der ganz alten Sorte und er hatte seinen Spaß daran, mich ganz speziell zu befragen. Er begann mit den Worten: „Na Jesse, erzähle uns doch mal etwas über die sowjetische Besatzungszone! Ihr hattet doch jeden Tag Butter auf dem Brot, nicht wahr?" Ich entgegnete "Ja ", was auch stimmte. Mit einem spitzen Lächeln zitierte er mich nach vorne vor die Klasse und fragte mich noch einmal das gleiche und wieder bejahte ich. Er sagte: So, jetzt reicht es, gib mal Deine Hände!" Ich musste die Hände ausstrecken, die Innenseiten nach oben. Dann bekam ich 10 Schläge mit dem Rohrstock über die Fingerspitzen. Das tat höllisch weh.
Trotzdem mochte ich diesen Lehrer gerne, er brachte uns viel bei. Schläge war ich ja gewohnt.
Während der Pausen wurde ich von den anderen Mitschülern ununterbrochen „Pimmok" gerufen. Imme lauter wurden sie und bedrängten mich. Ich wurde

wütend und immer wütender und warnte sie. Ich warnte einen Mitschüler, der mich am meisten ärgerte, besonders. Keiner nahm davon Notiz und ich hatte eine ohnmächtige Wut. Aus lauter Verzweiflung trat ich dann diesen Jungen so kräftig in den Hintern, dass er nicht wieder aufstand. Auf einmal war alles still. Diejenigen, die mich noch vor wenigen Augenblicken ausgelacht hatten, klopften mir anerkennend auf die Schulter. Es erschien der Rektor der Schule und ich bekam zwei kräftige Ohrfeigen. Man brachte mich ins Lehrerzimmer und anschließend durfte ich nach Hause gehen. Der Junge hatte das Steißbein gebrochen und lag 6 Wochen im Krankenhaus. Von den Mitschülern wurde ich nun geachtet. Der Lehrer empfahl mir, den Jungen im Krankenhaus zu besuchen. Ich lehnte ab.
Ein neuer Lebensabschnitt hatte begonnen und ich musste mich durchsetzen. Alles, was es in Ahlbeck nicht gegeben hatte, gab es hier zu kaufen. Aber wir hatten oft kein Geld. Mit der Umgebung wurde ich schnell vertraut. Ich beobachte, wie die Leute Schrott sammelten. Von da an sammelte ich auch. Jeden Tag nach der Schule sammelte ich für 3 DM Schrott. Von dem Geld kauften wir dann Lebensmittel. Damals gab es in Worringen noch ein großes Baggerloch. Hier schwammen viele Karpfen drin herum. Sie schwammen direkt unter Oberfläche. Ich nahm einen Stein und warf ihn auf den

Fisch, der kurze Zeit später tot an der Oberfläche auftauchte. Dann warf ich kleine Steine dahinter bis der Fisch an Land war und ich ihn herausnehmen konnte. Nach kurzer Zeit waren die anderen Fische wieder da und das Spiel ging von neuem los. Auf diese Art und Weise bekam ich 4 Karpfen zusammen und meine Mutter staunte und freute sich sehr.
Ich hatte meine dritte deutsche Staatsbürgerschaft erhalten und ein völlig neues Leben begann.

Herstellung und Verlag:
Books on Demand GmbH, Norderstedt
ISBN 978-3-8370-8302-6